Natalio Grueso

Der Wörterschmuggler

Roman

Aus dem Spanischen
von Marianne Gareis

Hoffmann und Campe

Die Originalausgabe erschien 2014 unter dem Titel *La Soledad*
bei Editorial Planeta, Barcelona.

MIX
Papier | Fördert gute Waldnutzung
FSC® C014496

1. Auflage 2025

Harvestehuder Weg 42, 20149 Hamburg, produktsicherheit@hoca.de
www.hoffmann-und-campe.de
Umschlaggestaltung: © FAVORITBUERO, München
Umschlagabbildung: © eclipse_images / GettyImages,
© Giacomo Augugliaro / GettyImages und Shutterstock.com
Satz: Dörlemann Satz, Lemförde
Gesetzt aus der Albertina
Druck und Bindung: GGP Media GmbH, Pößneck
Printed in Germany
978-3-455-01944-5

HOFFMANN
UND CAMPE

Ein Unternehmen der
GANSKE VERLAGSGRUPPE

Für Judit

Niemand versteht die Einsamkeit besser als ich. Niemand. Nicht einmal der, der in langen Winternächten niemals ein paar kalte Füße neben sich im Bett gespürt hat; auch nicht der, dessen Körper niemals von zärtlichen Händen eingeseift wurde; auch nicht das übergewichtige Kind, mit dem in der Pause niemand spielen will, oder die Jugendliche mit Brille und Akne, die bereits sämtliche Bibliotheksbücher ausgelesen hat, weil sie in ihrem Feriendorf keine Freundinnen hat. Niemand.

Und nicht einmal der Großvater, dem sie im Altenheim den Sabber abwischen und der hofft, dass ihn an Weihnachten wenigstens einer seiner drei Söhne besuchen kommt. Niemand.

Weder der Schiffbrüchige, der sich in einem fremden Ozean verzweifelt an eine Planke klammert, noch der Insasse der Einzelzelle im Todeskorridor, der auf den endgültigen Stromschlag wartet. Niemand.

Es kommt der Augenblick, in dem die Einsamkeit so schwer lastet, dass sie dir in die Knochen kriecht wie die Feuchtigkeit des Morgentaus in den Gassen von La Serenissima im Januar: eine grausame Kälte, die dir die Eingeweide zerfrisst, deine Zunge lähmt und deine Finger absterben lässt. Eine elende Kälte, die dir den Atem nimmt und dein Gesicht in das eines theatralischen Clowns verwandelt, der nicht aufhören kann zu weinen, mit Tränen, die zu Eis werden, und Wimpern aus Raureif. Deine Seele ächzt wie die Spanten einer im Sturm versinkenden Galeone. Und der Schmerz erdrückt dich.

Dann, mit der Erschöpfung, die Müdigkeit. Aber da ist es schon zu spät, du kannst nicht mehr einschlafen.

Ich bin nach Venedig gekommen, weil es die melancholischste und einsamste Stadt der Welt ist. Ich lebe in einem kleinen Apartment im Stadtteil Dorsoduro. Und in dieser Wohnung passieren Nacht für Nacht Dinge, die Gerechtigkeit schaffen, die die Wirklichkeit und das Schicksal herausfordern und die schreckliche Last dieser verdammten Einsamkeit lindern.

Das Bordell von Dorsoduro

Jeden Abend, wenn die Sonne im Westen unterging, setzte sich eine junge Japanerin mit scheuem Lächeln und honigfarbenen Augen an ihren Schreibtisch und öffnete die Briefe, die man ihr in den Briefkasten gesteckt hatte. Und jeden Abend fand sie in diesen Umschlägen mit Geschichten und Versen ein Juwel: das klarste Wort, die unbändigste Lyrik, die schönste Leidenschaft.

»Würde ich nicht an ein Wiedersehen glauben, hätte uns der Tod ereilt, als wir uns trennten.«

Was für ein schöner Vers, dachte sie, ich glaube, das wird heute der Auserwählte sein.

Und so brachte die junge Japanerin mit dem scheuen Blick und den honigfarbenen Augen jeden Abend, wenn die Sonne im Westen unterging, ein wenig Gerechtigkeit in das allgemeine Chaos, einen Hauch Rebellion in dieses starre Dasein, in dem selten der gewinnt, der es am meisten verdient.

Es war unwichtig, ob man hübsch oder hässlich, reich oder arm, fröhlich oder bedrückt, elegant oder schäbig, stark oder schwach war. Es war unwichtig, ob die Natur in ihrer unbarmherzigen Auslosung der Tugenden großzügig gewesen, ob man mit Anmut gesegnet oder mit schrecklicher Vulgarität gestraft worden war. Für sie zählten einzig und allein die Worte, der geschriebene Vers, das zu Papier gebrachte Gefühl. Das waren die Regeln des Universums der jungen Japanerin; der Geschichtenschreiber, der es vermochte, sie zu rühren, war der Auserwählte. Und dies jede Nacht. So einfach war das. Und dann schlief Keiko, denn so hieß die Japanerin, mit dem Auserwählten.

Jeden Abend, wenn die Sonne im Westen unterging, wurde das Zimmer, in dem Keiko lebte, zu einem Bordell, dem Bordell von Dorsoduro.

In Venedig gibt es einen Platz, der la Piazzetta del Principe della Follia heißt. Und dort gibt es ein Café, das von den wenigen Einheimischen besucht wird, die sich weigern, dieses schöne, aber hinfällige, Zentimeter für Zentimeter versinkende Boot zu verlassen. Das Café ist nicht leicht zu finden. Je nachdem, woher man kommt, muss man ein paar Brücken überqueren oder einen *sotoportego* durchschreiten, einen Kanal umgehen, die gleiche Strecke noch einmal zurücklegen und über einen *cortile* spazieren.

Es gibt nur drei kleine Tische und ein halbes Dutzend Stühle, auf denen man bei entsprechendem Wetter draußen sitzen kann. Ich komme für gewöhnlich mittags, kurz vor zwölf, die Zeitung unterm Arm – in einem weiten Mantel an kalten Tagen, mit weißem Panama-Hut an warmen.

Der Kellner fragt mich nicht mehr, was ich bestellen möchte, *buon giorno signore,* etc. Es hat mich ein gutes Jahr gekostet, ein Jahr hündischer Treue, Tag für Tag, stets zur selben Stunde, derselbe Tisch, dasselbe Getränk. Doch nun ist es geschafft: Ich setze mich, und wenige Minuten später serviert mir der alte Griesgram, der dieses Café seit den fernen Zeiten irgendeines Dux regiert, den perfekt zubereiteten Aperitif, einen leckeren Spritz, ihr wisst schon, auf Aperol-Basis, mit Weißwein und ein wenig Soda und Wermut.

Die Zeit dort vergeht langsam, faul. Fern der alles verschlingenden Touristenhorden verläuft das Leben auf der *piazzetta* wie ein ruhiger Fluss, eine täglich gleiche Strömung, die träge dahinfließt, aber niemals innehält.

Deshalb war ich so überrascht, als ich an jenem Morgen mitten auf dem Platz eine junge Japanerin erblickte. Tatsächlich kam sie jetzt schon zum dritten Mal dort vorbei, einen riesigen Koffer hinter sich herziehend, in der anderen Hand einen zerknitterten Stadtplan und ein merkwürdiges elektronisches Gerät sowie einen Regenschirm zum Schutz gegen die Sonne.

Es war offensichtlich, dass sie sich verlaufen hatte, kein Wunder in dieser Stadt, die aufgrund irgendeines übermütigen Kobolds oder verrückten Kartographen wie ein Labyrinth angelegt worden war.

»Hallo, kann ich Ihnen helfen?«

Keine Antwort. Ich dachte, sie verstünde vielleicht die Sprache nicht, in der ich redete, oder es verböten ihr Angst und Schüchternheit, mit einem Fremden zu sprechen. Selbst unter ihrer bequemen weiten Kleidung ließen sich der wohlgeformte Körper und die weiche, weiße Haut erahnen.

Da sah sie mich an. Es war das erste Mal. Und obwohl inzwischen viele Monate vergangen sind, kann ich diesen Augenblick nicht vergessen, jenen Augenblick, da Keikos sanfte honigfarbene Augen mich zum ersten Mal ansahen. In diesem Blick konzentrierte sich die Melancholie der ganzen Welt, er war der geheime Zugang zu einem unbekannten, verheißungsvollen Kosmos, gefährlich zwar, daran bestand kein Zweifel, aber dennoch unwiderstehlich. Und ich, Bruno Labastide, kokettierte wieder einmal mit der Gefahr.

»Ich suche eine Adresse, und dieses Gerät sagt mir, dass es hier irgendwo sein muss, aber ich weiß nicht, was los ist, am Ende komme ich immer wieder an derselben Stelle raus.«

»Nun ja«, antwortete ich, »die Technik hilft einem in Venedig nicht viel weiter; in diesem Labyrinth verlässt man sich am besten auf die Erfahrung.«

»Das heißt, man verläuft sich.«

»Richtig, man muss sich ein paarmal verlaufen, bis einen die Stadt als einen der ihren akzeptiert. Kein Stadtplan, kein Kompass, nichts dergleichen. Darf ich die Adresse mal sehen?«

Keiko gab mir einen Zettel, auf dem in einer Handschrift, die mich an die Schönschreibhefte von Kindern erinnerte, die Adresse geschrieben stand.

»Das ist ganz in der Nähe, Sie sind schon mehrmals daran vorbeigelaufen. Dorsoduro ist ein Viertel, in dem man sich nicht leicht zurechtfindet.«

Ich zeigte ihr, wie sie auf dem einfachsten, aber nicht unbedingt schnellsten Wege dorthin käme. Sie schenkte mir ein Lächeln, bedankte sich, rückte ihren Hut zurecht und zog mit der einen Hand ihren Koffer wieder quer über den Platz, mit der anderen umklammerte sie den zerknitterten, kaum brauchbaren Stadtplan und das vollkommen nutzlose elektronische Gerät sowie den Regenschirm gegen die Sonne.

Mit unendlicher Zärtlichkeit öffnete sie den Umschlag. Er war versiegelt. Die Schrift winzig, zweifelnd. Sie strich über das schöne venezianische Papier und die darauf geschriebenen Worte:

»Deine Lippen sind das Tagebuch, in dem ich meine Augenblicke des Glücks niederschreibe.«

Sie lächelte, doch der Vers schien sie nicht gänzlich zu überzeugen.

Die Fensterscheiben waren vom heißen Wasserdampf bereits vollständig beschlagen. Nunmehr in der großen Badewanne liegend, konnte sie in ihrem nach Lavendelsalzen duftenden Bad das letzte Flackern des Straßenlichts nur noch erahnen. Im Hintergrund sanfte Musik: ein klagendes Trompetensolo, Jazz, der Salz in die Wunden streut, statt sie zu schließen. Als wären sie perfekt aufeinander abgestimmt, gesellte sich die Sirene eines von Marghera kommenden Frachters zu dem melancholischen Jammern der Trompete. Gegen die Scheiben trommelte der Regen und zeichnete unendlich viele Kreise auf das ruhige Wasser des Kanals, wie Zielscheiben.

Sie tauchte im warmen Badewasser unter. Das war einer ihrer Lieblingsorte, dort unten, wo die Klänge der Welt nur noch ganz gedämpft ankamen. Sie liebte es, den Atem anzuhalten und eine gute Weile so zu verharren, inmitten der Wärme und der duftenden Badesalze. Keiko hatte nämlich gelernt, dass es oft ganz einfache Dinge sind, die Glück und Lust hervorbringen: der Wechsel vom Kalten zum Warmen beispielsweise, die Wärme eines Heims oder einer Decke, die uns einhüllt, oder eines Menschen, der unser Herz behütet.

In einen weichen Bademantel gewickelt, barfuß auf dem Perserteppich und mit noch feuchter Haut beginnt Keiko jeden Abend ihr Ritual. Sie zündet die Kerzen an, bereitet die Getränke vor, tauscht die Musik der Trompete gegen die eines noch melancholischeren Cellos aus, verteilt liebevoll die großen Kissen auf dem riesigen Bett mit den feinen Laken aus weißem Batist.

Anschließend schminkt sie sich am Toilettentisch – ganz dezent, nur Augen und Lippen. Und dann, wenn alles bereit ist für das Theater der Poesie, klingelt es, und der für die Nacht Auserwählte tritt ein.

In den frühen Morgenstunden, wenn die ersten Lichter erwachen, wird der Auserwählte gehen, auf der Haut noch die erregenden Zärtlichkeiten, wissend, dass er dergleichen nicht wieder erleben, dass er nie wieder Eingang ins Paradies finden wird.

Jeder Einzelne von ihnen versuchte Keiko zu überreden, sie ein weiteres Mal vorzulassen, doch sie war unbeugsam; ihre Regeln waren strikt, und die Gunst einer magischen Nacht sollte nun anderen Dichtern, anderen Einsamen zuteilwerden, Einsamen, die später ebenfalls aus dem Paradies vertrieben würden, um für andere Platz zu machen, deren Nächte genauso endeten – eine Spirale, in der trotz allem Keiko die Einsamste war.

Es war zur Zeit der Weinlese, als die Hitze sich diskret zurückzog, der erste Herbstregen fiel und die Mauersegler gen Süden aufbrachen, damals war es, dass Keiko, die sich mit jedem Tag sicherer fühlte in ihrem Kreuzzug gegen die Ungerechtigkeiten des Schicksals, einen langen Brief erhielt, in dem ihr jemand die Geschichte eines Mannes erzählte, der ganz besondere Rezepte ausstellte.

Der Mann, der Bücher verschrieb

Er entdeckte es auf dem Boden, vor einer Apotheke in der Calle Esmeralda, als er gerade nach Maipú unterwegs war. Ein in Geschenkpapier eingewickeltes Päckchen auf der Straße, liegengelassen, vergessen. Er sah sich nach allen Seiten um, suchte nach Augen, die die seinen finden und den Kontakt länger als drei Minuten aushalten würden. Suchte nach dem, was er sein Leben lang gesucht hatte. Doch nichts passierte.

Wer immer dieses Päckchen dort vergessen hatte, war längst verschwunden. Er konnte sich den Ärger dieses Menschen vorstellen, wenn er den Verlust entdeckte, das überraschte Gesicht, wenn ihm sein Missgeschick bewusst würde, und auch den sofort in Gang gesetzten geistigen Prozess, mit dem er jeden Schritt in Erinnerung riefe, die Strecke nachzeichnete und überlegte, wo zum Teufel er es liegengelassen hatte.

Es war ein Buch, oder zumindest sah es so aus, und Horacio dachte voll Ironie, dass das Schicksal sich keinen passenderen Finder als ihn hätte aussuchen können. Ihn, Horacio Ricott, den »Mann, der Bücher verschrieb«.

»Verzeihung, aber ich fürchte, das habe ich nicht verstanden.«

Horacio Ricott lehnte sich lächelnd zurück, trank seinen Kaffee aus und sah das Mädchen an.

»Nun, ich stelle Rezepte aus, verschreibe Bücher, so wie

andere Medikamente verschreiben oder Zaubermittel oder Investmentfonds. Ich verschreibe Bücher.«

»Heißt das, Sie sind so etwas wie ein Buchhändler?«

»Nein, nein, ganz und gar nicht. Ein Buchhändler kauft und verkauft Bücher, klassifiziert sie, legt ein kleines Lager an, remittiert sie an die Verlage oder behält sie auch, das hängt vom jeweiligen Buchhändler ab. Aber ich kaufe weder Bücher, noch verkaufe ich sie, und ich habe auch keinerlei Lager. Ich empfehle sie einfach, verschreibe sie, mehr nicht.«

Das Mädchen biss sich auf die Lippen. Und das erregte Horacio ungemein. Sie tat das, wenn sie etwas nicht verstand oder wenn sie über etwas nachdenken musste, und für den Mann, der Bücher verschrieb, war das einfach unwiderstehlich. Genauso wie ihre superweißen Zähne, das zarte Rouge in dem Porzellangesichtchen und die Augen, so grün wie das Meer fremder Städte, die nicht Buenos Aires hießen. Das und vieles mehr wusste Horacio aus den Büchern.

»Ehrlich gesagt, bin ich noch nie auf die Idee gekommen, dass jemand so etwas machen könnte«, sagte das Mädchen. »Sie sind der erste Bücherverschreiber, dem ich begegne.«

Horacios kurzsichtige Augen hinter der dicken Hornbrille lächelten zufrieden.

»Aber irgendwie verstehe ich das nicht ganz«, sagte sie. »Darf ich Ihnen eine Frage stellen?«

»Selbstverständlich, wieso auch nicht?«

»Das, was Sie da machen, ist das zu irgendwas gut?«

Da veränderte sich auf einmal Horacios Blick, und es war, als hätte man ihm einen schmerzhaften Dorn ins Herz gebohrt. Ohne seine Augen von denen des Mädchens zu lösen, wiegte er den Kopf. Sie wartete, herausfordernd, und – warum sollte man es verschweigen? – war schöner denn je.

»Sehen Sie, mein Fräulein«, erklärte Horacio bestimmt, »ich habe bereits drei Ehen gerettet und einen Jugendlichen vor dem Selbstmord bewahrt. Und deswegen glaube ich, dass meine Arbeit schon weit mehr gebracht hat als die der meisten von Ihnen.«

Dieses »von Ihnen« war eindeutig beabsichtigt, als wollte er sich an dem Mädchen für ihre Kühnheit und ihr forsches Auftreten rächen, und auch an allen anderen, die einer konventionellen Arbeit nachgingen und ihn für einen Spinner hielten.

Sie sah ihn sehr ernst an, wirkte verärgert, aber das machte sie nur noch attraktiver. Horacio dachte, dass er sich auf der Stelle in diese Frau verlieben könnte, die nur halb so alt war wie er, die ohne weiteres seine Tochter hätte sein können, und dieser Gedanke entmutigte ihn nicht etwa, sondern erregte ihn nur noch mehr. Ihre grünen Augen waren fest auf die seinen gerichtet, auf diese traurigen Augen hinter der dicken Hornbrille eines Fünfzigjährigen, der sein Leben lang auf der Suche gewesen war nach einem Blick, der seinem länger als drei Sekunden standhielt und ihn einlud, die Schwelle zu überschreiten.

»Und welches Buch würdest du mir verschreiben?«, fragte sie.

Er schluckte schwer, denn es war ihm nicht entgangen, dass sie ihn erstmals geduzt hatte. Er bemühte sich, blitzschnell zu denken, doch sein Gehirn war blockiert. Da musste er innerlich lachen: Hat man das schon mal gesehen, ein Argentinier, dem es die Sprache verschlägt!

Als mildernde Umstände mögen seine Nervosität und die vorübergehende geistige Umnachtung gelten, oder auch seine Verliebtheit, denn letzten Endes ist das alles dasselbe.

Tatsache ist, dass er wegen dieser Lippen – er sah dem Mädchen bereits nicht mehr in die Augen, sondern nur noch auf den Mund – etwas ganz Dummes sagte:

»Ich würde dir einen Liebesroman verschreiben«, stammelte er, unsicher wie ein Gymnasiast in einer Prüfung, auf die er sich nicht vorbereitet hat.

Sie zuckte kurz, fast unmerklich, zusammen, doch lange genug, um das Rouge auf ihren Wangen aufflammen zu lassen. Dann öffnete sie ein wenig die Lippen, als wollte sie seufzen, und ließ dabei ihre weißen Zähne aufblitzen. Horacio stellte sich vor, wie diese Zähne sich über die verbotensten Stellen seines Körpers hermachten. Schließlich neigte sie den Kopf zur Seite und sagte lächelnd, ganz dicht vor seinem Gesicht:

»Wie schade, wo mir doch Sex-Geschichten lieber sind.«

Von diesem Augenblick an wird die Geschichte Horacio Ricotts, des Mannes, der Bücher verschrieb, konfus und unverständlich, manchmal sogar widersprüchlich. Sie handelt von einem auf dem Tisch liegengebliebenen Verzehrbon – auf das Wechselgeld hat er gar nicht erst gewartet, daher fiel das Trinkgeld unverhältnismäßig hoch aus –, von einem Spaziergang im Herbstregen über das Pflaster der Bürgersteige – oder waren es Wolken? – von San Telmo zur Plaza Dorrego, dann die Treppen zu seiner Wohnung hoch, zwei Stufen auf einmal nehmend, sie handelt von Kleidern, die im Flur landen, vom Geruch nach gegrillten Sardinen aus dem Hof, von den quietschenden Federn seines alten Eisenbetts, von der Zimmerdecke mit den Stockflecken, von ihren perfekten Brüsten mit den harten Brustwarzen, die ihn wie warnende Finger oder bedrohliche Lanzen daran erinnerten, dass das keine Liebe war, dass Horacio Ricott sich in vollem

Bewusstsein auf den Scheiterhaufen begab und dass mit dem Rouge und den perfekten Brüsten noch viel mehr verschwinden würde. Doch noch war es nicht an der Zeit, darüber nachzudenken, denn die Hüften hielten nicht inne in ihrer Bewegung, und der feste, harte Bauch verströmte eine vulkanische Hitze. Der Ursprung der Welt, dachte Horacio, während er sich selbst einen Bildband über Courbet verschrieb.

Da beging er die zweite Dummheit des Abends, indem er sagte:

»Bleib heute Nacht hier.«

Das Lachen des Mädchens schallte vermutlich bis in die nächste Eckkneipe. Aber sie sagte nichts, erhob sich vom Bett, nackt wie eine seidene Gottheit, öffnete Horacios Schrank, suchte sich unter dem verstörten Blick des Mannes, der Bücher verschrieb, aus den dort aufgehängten Hemden das aus, das ihr am besten gefiel: ein rot-schwarz kariertes Holzfällerhemd – à la Jack London, dachte Horacio, er hatte es sich vor Jahren auf einer Reise nach El Calafate gekauft –, zog es über den nackten Körper, spazierte durch die Wohnung, als wäre es ihre, duschte ausgiebig, kleidete sich an und ging. Und hier wird die Erzählung noch konfuser und unzusammenhängender, denn es ist nicht ganz klar, ob sie ging, ohne sich zu verabschieden, ob sie lächelte und ihm von der Tür eine Kusshand zuwarf, ob sie an das Bett trat, in dem der Mann, der Bücher verschrieb, immer noch unbeweglich lag, als wäre er zum Tetraplegiker geworden, oder ob sie einfach nur die Tür hinter sich zuzog und verschwand. *Ciao.*

Fest steht jedenfalls, dass Horacio Ricott am nächsten Tag durch ein heftiges Donnern gegen die Wohnungstür aus seiner sanften Lektüre gerissen wurde. Kommen Sie bitte mit – Aber wer sind Sie – Polizei, Sie sind verhaftet, durchsucht alles – Machen Sie das bitte nicht kaputt, dazu haben Sie kein Recht – Halten Sie verdammt noch mal den Mund – Aber … Der Schlag in Horacios Gesicht schleuderte seine Hornbrille durch die Luft und ließ sie neben der Küchentür wieder aufkommen.

Sie fanden nichts. Wenn Sie sie wiedersehen, geben Sie uns Bescheid, hieß es, sonst kriegen Sie Schwierigkeiten. Doch irgendetwas war faul an der Sache. Horacio erzählte es am nächsten Tag seinem Freund Ricardo, mit dem er im La Coruña, der Bar am Markt, ein paar Quilmes trank.

»Diese Typen waren keine Polizisten; die sahen selbst dafür noch zu übel aus. Ich sag dir, die waren hinter was anderem her.«

»Wie bist du denn überhaupt in diese Sache reingeraten, Alter?«, fragte Ricardo. »Und wie hieß eigentlich diese Puppe, die dich jetzt ins Verderben stürzt?«

Horacio Ricott, der Mann, der Bücher verschrieb, wurde blass, als er diese Frage hörte. Überrascht und gequält sah er den Freund an, wie ein Gefolterter, der die Information, die man ihm entlocken will, wirklich nicht kennt. »Ich weiß es nicht«, sagte er.

Ricardo Kublait war der beste Kunde des »Mannes, der Bücher verschrieb«, und es verging keine Woche, in der er ihn nicht besuchte und nach irgendeinem Titel verlangte. Im Laufe der Zeit waren sie zu dem geworden, was man gemeinhin als Freunde bezeichnet, oder zumindest war das ihr gegenseitiges Verständnis.

»Na los, erzähl schon.«

Horacio berichtete Ricardo also, wie er vor einer Apotheke in der Calle Esmeralda ein Päckchen auf dem Boden gefunden hatte, das von der Form und vom Gewicht her ein Buch zu enthalten schien. Wie er sich umgesehen und nach jemandem Ausschau gehalten hatte, der es verloren haben könnte, jedoch niemanden fand. Er erklärte, dass er mit dem Buch unterm Arm einige Blocks in Richtung seines Zuhauses gegangen und kurz davor in eine Bar eingekehrt sei und einen Kaffee getrunken habe, und dass ihn dann eine bezaubernde junge Frau ansprach, die ihn fragte, ob sie sich an seinen Tisch setzen könne, weil sie allein sei und gern mit jemandem plaudern würde, und dass er noch nie eine solche Schönheit gesehen hätte, dass sie unglaublich grüne Augen und wunderbare Zähne und Rouge auf den Wangen gehabt hatte und eine rote, schief auf dem Kopf sitzende Wollmütze trug, aus der eine blonde Haarsträhne hervorblitzte. »Sie hat mir erzählt, dass sie die Malerei liebt, und ich habe ihr erzählt, was ich mache, und …«

»Und das hast du geglaubt.«

»Ja klar, warum hätte ich ihr nicht glauben sollen?«

»Warum? Weil du ein bisschen bescheuert bist. Da setzt sich eine zwanzigjährige Puppe an deinen Tisch, und das kommt dir völlig normal vor. Horacio, ich bitte dich, vielleicht solltest du dir selber mal ein Handbuch zur Bekämpfung der Trotteligkeit verordnen.«

»Und dir sollte ich einen Krimi verschreiben, damit deine ausschweifende Phantasie noch ein bisschen mehr Futter bekommt.«

»Okay, es liegt auf der Hand, dass das Mädchen das Päckchen auf dem Boden abgelegt hat, damit es irgendein Naivling transportiert, der erstbeste Trottel also, der dort vorbeikommt. Sie ist dir gefolgt, und als es ihr passend erschien, hat sie sich an dich rangemacht, bis sie es ohne Risiko wiedererlangen konnte.«

Horacio dachte nach.

»Ja«, sagte er schließlich. »Und deshalb ist sie auch mit mir ins Bett gegangen, oder?«

Ricardo atmete tief durch, nahm einen kräftigen Schluck Bier und sagte dann, den Blick fest auf die hinter der Hornbrille versteckten Augen des Bücherverschreibers gerichtet:

»Das kann ich dir leider nicht beantworten, und je länger ich dich ansehe, umso weniger kann ich es mir erklären.«

Nachdem die Polizisten – oder die Menschen, die sich dafür ausgaben – gegangen waren, hatte Horacio alles wieder in Ordnung gebracht. Sie hatten eine Schrankschublade zerbrochen, die Ärmel eines Mantels zerrissen und die Sofakissen aufgeschlitzt und ansonsten eine mächtige Unordnung angerichtet.

Als alles wieder an seinem Platz war, hatte Horacio entdeckt, dass das Päckchen, das er vor der Apotheke in der Calle Esmeralda gefunden hatte, verschwunden war, aber er war sich ganz sicher, dass es nicht die Kerle mitgenommen hatten. Also konnte nur sie es gewesen sein.

An diesem Nachmittag war Horacio unruhig. Er empfing zwei Kunden, hörte ihnen zu und verschrieb ihnen ein paar gute Bücher; dem Mathematikstudenten, der mit Drogen zu liebäugeln begann, eines von Thomas de Quincey und der reifen Dame, die sich an ihrem untreuen Ehemann rächen wollte, eines von Choderlos de Laclos.

Dann bereitete er sich ein schnelles Abendessen zu, mit Resten aus einem Kühlschrank, der lange schon keine Frau mehr gesehen hatte. Er ließ sich aufs Sofa fallen und begann zu lesen. Doch er konnte sich nicht konzentrieren. Er versuchte es mit Musik, aber eigentlich hörte er sie gar nicht, sie war einfach nur ein Hintergrundgeräusch. Mit dem Fernseher erging es ihm ähnlich, und da er nicht noch tiefer fallen konnte auf der Skala der Ablenkungen, beschloss er, eine Schlaftablette zu nehmen und ins Bett zu gehen.

Zur Sicherung eines einigermaßen würdevollen Lebens – denn das Bücherverschreiben reichte dafür natürlich nicht aus –, arbeitete Horacio Ricott vormittags als Portier in einem Bürogebäude in der Avenida Leandro N. Alem. Die Arbeit war einfach, und auch wenn der tägliche Verdienst nicht üppig war, konnte er doch bei der Arbeit lesen, und das war schließlich seine große Leidenschaft. In seiner blauen Concierge-Uniform und der riesigen altmodischen Hornbrille wirkte er wie ein Feldmarschall der russischen Armee.

Zur Mittagessenszeit kehrte er nach Hause zurück, kleidete sich um und eröffnete seine Sprechstunde. Er träumte davon, sich ausschließlich dem Bücherverschreiben widmen zu können, schließlich gab es Menschen, die mit ähnlichen oder sogar noch ausgefalleneren Berufen ein gutes Auskommen hatten, Psychoanalytiker zum Beispiel, Parapsychologen, Buchhalter oder sogar Pfarrer.

An diesem Nachmittag erwartete er ein philippinisches Ehepaar, das in der Residenz eines europäischen Botschafters arbeitete, sowie eine achtzigjährige Großmutter, die allein in einem sehr bescheidenen Häuschen im Stadtteil La Boca wohnte und den Bücherverschreiber aufsuchte, damit er ihr Lektüre für ihre Enkelin empfahl. Das Mädchen war mit den literarischen Vorlieben von Horacio aufgewachsen, seit den ersten Märchen der Kindheit und Jules Vernes Abenteuergeschichten in der Jugend. Nun, da sie arbeitslos und schwanger von einem Dreckskerl war und bereits ein Kind von einem anderen Tunichtgut hatte, kostete es die Großmutter viel Mühe, sie zum Lesen zu bewegen. Wie bei jedem ihrer Besuche lud Horacio die Großmutter zu Kaffee und Gebäck ein. Sie war eine einfache, vom Leben nicht gerade verwöhnte Frau, die trotz allem ihr Lächeln nicht verloren hatte.

Als sie ihn das erste Mal besuchte, hatte der Bücherverschreiber ihr lange zugehört und ihr dann zwei Titel genannt, einen von den Gebrüdern Grimm und den anderen von Charles Dickens.

»Das kann ich mir bestimmt nicht merken, mein Herr«, sagte sie verlegen.

»Dann schreiben Sie es sich doch auf«, antwortete Horacio.

Auf dem Tisch lagen Papier und Bleistift.

»Ich kann leider nicht lesen und schreiben«, erwiderte die Großmutter beschämt.

Dieses Geständnis verblüffte den Bücherverschreiber sehr, denn es war noch nie vorgekommen, dass er eine Kundin gehabt hatte, die Analphabetin war.

»Und wieso kommen Sie dann zu mir?«, fragte er vorsichtig nach.

Die Frau schluckte, presste die Handtasche gegen ihre Knie und antwortete zaghaft:

»Nun ja, weil ich will, dass meine Enkelin mal ein besseres Leben hat als ich, und ich weiß, dass man das in den Büchern findet.«

Von diesem Tag an fühlten sie sich einander verbunden, und Horacio schrieb fortan eigenhändig die Titel auf ein Blatt Papier, das die Großmutter wie einen Schatz in ihrer Tasche verwahrte, um ihn später der Angestellten in der Stadtbibliothek zu geben.

Seit Tagen schlief er nun schon schlecht. Einerseits war es die Angst vor den Männern, die in sein Haus eingedrungen waren und ihn geschlagen hatten. Jedes Geräusch auf der Holztreppe des alten Gebäudes versetzte ihn in Alarmbereitschaft und ließ sein Herz rasen. Aber was ihn in Wirklichkeit an den Rand des Wahnsinns brachte, war die Erinnerung an das Mädchen, an ihr blondes Haar, das aus der roten Wollmütze hervorquoll, während sie ihn im Café amüsiert betrachtete, an ihr freches Lachen und den salzigen Geschmack der winzigen Schweißperlen, wenn er ihren Hals küsste.

Der Wecker verurteilte ihn zum Aufstehen. Es war Zeit, arbeiten zu gehen.

Der Vormittag im Bürogebäude verlief ruhig. Guten Morgen, guten Morgen und nicht viel mehr. Ein verirrter Besucher, der zu einer Agentur wollte, die es dort nicht gab. Die jungen Männer von der Postzustellung und jede Menge Krawattentypen, die rein- und rausgingen, rauf- und runterfuhren. Ein idealer Vormittag für Horacio Ricott, mit ausreichend Zeit zum Lesen.

Aber es gibt Momente, in denen das Lesen schädlich ist, in denen man besser nicht so viel gelesen hätte. Und dies war ein solcher Tag. Es passierte kurz vor Schichtende, als sein Magen sich bereits mit Hungergeräuschen zu Wort meldete. Jemand hatte sie auf dem Sofa in der Eingangshalle achtlos liegengelassen, eine eher der Boulevardpresse zuzuordnende Zeitung, die Horacio niemals las, geschweige denn kaufte. Doch an diesem Tag hatte er bereits alles ausgelesen, was er mitgebracht hatte, und da es noch circa zwanzig Minuten bis zu seinem Dienstschluss zu überbrücken galt, beschloss er, sich die Zeitung zu holen und sie durchzublättern, ehe er sie entsorgte. Ein fataler Fehler. Während er die Seiten überflog – ein Gouverneur, den man der Bestechung überführt hatte, die Geliebte eines Bürgermeisters, die diesen erpresste –, entdeckte er eine Schlagzeile, bei der ihm fast das Herz stehenblieb: »Junge Frau brutal ermordet«.

Unter der Nachricht war das Foto eines nicht zu erkennenden Leichnams abgedruckt, der, in eine Decke gehüllt, auf dem Seitenstreifen einer Landstraße lag. Der Text verstörte ihn:

»Gestern Abend wurde der Leichnam einer circa zwanzigjährigen, brutal zugerichteten Frau gefunden. Dem Gerichtsmediziner zufolge war die junge Frau zu diesem Zeitpunkt erst wenige Stunden tot. Deshalb besteht Hoffnung, dass der Leichnam identifiziert werden kann. Weitere Angaben wollte die Polizei nicht machen, um die laufenden Ermittlungen nicht zu behindern.«

Horacio Ricott, dem Mann, der Bücher verschrieb, stockte der Atem, und er wurde so blass wie die Marmorfliesen in der Empfangshalle des Bürogebäudes in der Avenida Leandro N. Alem. Nichts in der Nachricht deutete darauf hin, um wen es sich handelte, doch er wusste es ganz genau. Er brauchte sich nur das Foto anzusehen. Neben dem Leichnam, unter der Decke, blitzte eine rote Wollmütze hervor.

Von diesem Augenblick an war Horacio Ricotts Leben nicht mehr dasselbe. Er bekam kaum noch Luft, hatte Angstzustände, misstraute allem und jedem. Er konnte nicht mehr schlafen, nicht einmal mit der üblichen Dosis Schlaftabletten, und es kostete ihn große Mühe, sich seine Inspiration für das Verschreiben von Büchern zu bewahren. Mehr als einmal fertigte er einen Kunden mit einem billigen Bestseller oder mit einem dieser Klassiker ab, von denen keiner weiß, warum sie als solche gelten. Jedenfalls mit etwas, das unter der Würde eines Profis wie ihm, dem echten Bücherverschreiber, war.

Wenn er nach Hause kam, bereitete er sich mit unbeschreiblicher Unlust etwas zu essen zu, ein paar Spiegeleier und Würstchen, das Erstbeste, was er in dem trostlosen Kühlschrank fand. Dazu trank er ein Glas schlechten Weins.

Hatte er aufgegessen, räumte er das Geschirr weg und brach die Stille, die ihn das Abendessen über begleitet hatte – und die ihn eigentlich bei all seinen häuslichen Mahlzeiten begleitete – mit einer Tango-Platte des Polen Goyeneche. Das tat er immer, wenn er traurig war und sich besonders einsam fühlte, also ungefähr alle zwei Tage.

Schlaflos im Bett liegend, gelang es ihm nicht, die sprühende Lebendigkeit, Jugend und Schönheit des Mädchens aus seinem Kopf zu verbannen: ihre Porzellanwangen, die Art, wie sie sich auf die Lippen gebissen hatte, ihre blendend weißen Zähne, das Rouge und das weizenblonde Haar unter der roten Wollmütze. Er stellte sich vor, sie wäre noch immer bei ihm, dort in dem Bett, wo er gerade einzuschlafen versuchte, und sein Leid wurde unerträglich. Bestimmt war es eine Drogengeschichte gewesen – das erschien ihm als das Wahrscheinlichste – oder irgendeine Abrechnung, ein Racheakt oder ein Spionagefall von Belang. Was auch immer der Grund für diesen brutalen Mord gewesen war, für Horacio war es absolut unverständlich, wie jemand einem so schönen, so lebenslustigen Menschen wie diesem Mädchen etwas so Schlimmes antun konnte. Sein Glaube an die Menschheit, den er, wenn er ehrlich war, niemals besessen hatte, schwand dahin wie ein Stück Zucker im Kaffee.

Ein weiteres Stück Zucker verlangte gerade Ricardo, der behauptete, dass der Kaffee heute sehr stark sei. Er hatte sich mit Horacio in einer Kneipe in La Recoleta verabredet, wo sie sich öfter trafen; sie lag in der Nähe eines Plattenladens, den Ricardo sehr mochte. Horacio trug noch seine Verkleidung als Feldmarschall der russischen Armee, weil er keine Lust gehabt hatte, vorher nach Hause zu gehen und sich umzuziehen.

»Es ist unglaublich, wie ein Mensch, den wir kaum kennen, unser Leben verändern kann«, sagte Horacio, und seine kurzsichtigen Augen hinter der dicken Hornbrille verloren sich in der Weite der Welt. »Du wirst lachen, Ricardo«, fuhr er fort, »aber die Begegnung mit diesem Mädchen ist für mich das Schönste, was mir in meinem Leben passiert ist.«

Ricardo, der einen recht eigenen Sinn für Humor besaß und den Freund aufheitern wollte, antwortete ironisch:

»Dann war dein Leben aber sehr traurig, mein Freund.«

Horacio ging nicht weiter darauf ein – schließlich war er die Sticheleien seines Freundes gewohnt –, sondern fuhr unbeirrt fort:

»Da glaubst du, du bist der einsamste, unglücklichste Mensch auf der Welt, und dass dir keiner weit und breit in Sachen Einsamkeit das Wasser reichen kann, und plötzlich triffst du jemanden, der nur für ein paar Stunden in dein Leben tritt, und verliebst dich. Doch dann verschwindet die Person für immer und lässt dich ohne Hoffnung, sie je wiederzusehen, zu liebkosen, zu umarmen, zurück, und du merkst, dass deine Einsamkeit und dein Schmerz noch übertroffen werden können, dass die Leidensfähigkeit grenzenlos, die Schlechtigkeit des Menschen unendlich und die Gewalt unermesslich ist. All das kostet mich sehr viel Kraft, Ricardo, ich kann nicht mehr.«

Ricardo löste das zweite Zuckerstückchen in seinem Kaffee auf, wobei er mit dem Löffel ein rhythmisches Geräusch verursachte, um das Schweigen zu brechen. Perkussion in kritischen Situationen, nannte er das. Dann trank er den Kaffee aus.

»Das arme Mädchen«, sagte Horacio. »Brutal ermordet. Und dann der Gedanke, dass ich vielleicht der letzte Mann war, mit dem sie Sex hatte.«

Ricardo setzte sein Lausbubenlächeln auf, fasste dem Freund an den Arm, sah ihm in die Augen und sagte:

»Das auch noch … Das arme Mädchen!«

Der Lärm der Flugzeuge war sein treuester Begleiter. Manche schienen fast das Dach des bescheidenen Hauses zu streifen, in dem Ricardo unweit des Flughafens Jorge Newbery lebte. Ricardo war verheiratet gewesen, doch daran erinnerte sich niemand mehr; in der Zwischenzeit hatte es einige Eiszeiten gegeben, wie er scherzhaft sagte. Damals war er ein wichtiger Journalist gewesen, allseits bekannt. Er hatte über Sportereignisse und insbesondere über Fußball berichtet, bis irgendwann etwas passierte, das seine Karriere zunichtemachte und ihn schnurstracks in die Arbeitslosigkeit und den Ruhestand beförderte, sprich in die Scheiße, und das mit gerade mal fünfzig Jahren. Horacio, der einen Fußball nicht von einer Melone unterscheiden konnte, hatte ihn schon öfter gefragt, was damals eigentlich passiert sei, aber Ricardo weigerte sich, irgendetwas darüber zu erzählen, obwohl die Sache ein ordentlicher Skandal gewesen war. Wenn die Rede darauf kam, fing er stets zu scherzen an und erklärte dem Freund, seine Geschichte könne nicht einfach so erzählt werden, sie verdiene ein eigenes Buch, und sollte er sich je dazu entschließen, sie niederzuschreiben, werde Horacio sie anschließend permanent verschreiben, weil es darin um Verrückte gehe, die sehr klug seien, also genau um das Gegenteil von dem, was man täglich erlebe.

Heute war Sonntag, und er musste die Fenster putzen. Während er dies tat, sah er die Flugzeuge landen, die von der anderen Seite des Rio de la Plata kamen oder aus dem Süden, von Patagonien her. Nach den Fenstern war die Wäsche dran: bügeln, aufhängen. Und es verging kein Tag, an dem er nicht an die Frau dachte, die er geliebt, an den Ruhm, den er genossen hatte, damals, als selbst die härtesten Hooligans Haltung annahmen, wenn er auftrat, er, der große Sportmoderator Ricardo Kublait, die Stimme Argentiniens, wie ihn der Sprecher im Radio ankündigte: Ricardo Kublait, die Stimme, die den Ball auf den Rasen zurückholt, Freund des Torwarts, Sprachrohr des Tores. Und dann erklang eine simple, aber eingängige Melodie, eigentlich nur paar Töne, die man jedoch später zur eigenen Überraschung vor sich hin pfiff, ohne zu wissen, weshalb.

Wenn er mit seinen sonntäglichen, im Wesentlichen aus Aufräumen und Putzen bestehenden Arbeiten fertig war, konnte der Montag kommen, der für ihn eigentlich ein weiterer Sonntag war, und es begann eines der Rituale, die ihn am glücklichsten machten. Wenn die Wohnung picobello aufgeräumt war und ein gutes Abendessen und ein bequemes Bett auf ihn warteten, klappte er das Buch auf, das ihm sein Freund verschrieben hatte, und fing an, darin zu lesen. Jede Woche ein neues, Bücher, die er meist in der Nationalbibliothek fand. Manchmal, ganz selten nur, kaufte er sich eines, immer in billigen Taschenbuchausgaben. Diese Bücher stellte er dann stolz in das Bücherregal in seinem Wohnzimmer, holte sie manchmal wieder hervor und las sie erneut. Tatsächlich war sein Freund Horacio Ricott ein Meister seines Metiers, das musste Ricardo anerkennen. Für jede Gemütsverfassung hatte der Bücherverschreiber den passenden Titel parat, und er verfügte außerdem über eine unglaubliche Fähigkeit, auf seine Kunden einzugehen, in ihrer

Seele zu lesen. Mit seiner umfassenden literarischen Bildung und der ihm eigenen geistigen Beweglichkeit fand er für jeden Anlass das richtige Buch. Ricardo dachte oft daran, dass seine Geschichte, die Geschichte seines Höllensturzes, ebenfalls ein gutes Buch ergeben hätte.

Die Stimme Argentiniens

Menschen, die niemals von der Liebe zu ihren Großeltern erfüllt waren, werden die Geschichte Ricardo Kublaits nicht verstehen. Sie können sie vielleicht intuitiv erfassen, sie hinnehmen und sich wundern, aber verstehen werden sie sie nicht. Was bringt einen Erfolgsmenschen, einen geachteten, beliebten Profi auf dem Höhepunkt seiner Karriere, dazu, sich bewusst selbst zu opfern und sein ganzes Ansehen und Leben zu zerstören? Darauf gibt es nur eine Antwort: die Liebe. Die reine, bedingungslose, edle und aufrichtige Liebe. Ohne Leidenschaften, ohne äußeren Druck, ohne Sachzwänge. Die Liebe. Und wenn die Liebe so großherzig ist, führt sie stets nur an einen Ort, nämlich auf das unwirtliche Terrain der Einsamkeit.

Jede Woche stattet Ricardo Kublait dem blauen Haus im Stadtteil Chacaritas einen Besuch ab. Dort befindet sich das Altenheim, in dem sein Großvater lebt. Ricardo ist der einzige Mensch, der den inzwischen fast hundertjährigen Alten besucht. Dieser behandelt ihn immer noch wie ein Kind, Ricardito, sagt er, wie gut du ausschaust. Und Ricardo, der bereits kahlköpfig ist und über hundert Kilo weißes schlaffes Fleisch auf die Waage bringt, lächelt, wie er es ein knappes halbes Jahrhundert zuvor auch getan hat, wenn sein Großvater ihn mitnahm ins Fußballstadion La Bombonera, wo seine Mannschaft spielte. Der Spaziergang durchs Viertel, der Duft der Chorizo-Sandwichs, das Lachen der zum Platz strömenden Menschen, die blauen Schals, die Gesänge – Du bleibst an meiner Hand, Ricardito – und das Kribbeln im Bauch, dieses überwältigende Gefühl, wenn er ins Stadion kam, der Tabakgeruch, die Scheinwerfer, das Konfetti, das von den Tribünen in die Luft geworfen wurde, und die Werbesprüche aus den Lautsprechern. Das kollektive Gebrüll, wenn die Spieler rauskamen, die Gesänge und die euphorisch verzerrten Gesichter, wenn die eigene Mannschaft ein Tor schoss; die Umarmungen zwischen Unbekannten, als ginge es um Leben und Tod. Der Fußball, ach, der Fußball.

Bevor sie den Sammelbus zurück nahmen, kaufte ihm der Großvater immer ein süßes Milchkaramell-Eis, auch wenn gerade Winter war; dem süßen Milcheis war es egal, ob es draußen kalt oder warm war, und der kleine Ricardo fühlte sich wie der glücklichste Junge der Welt, mit seinem Eis, dem Spiel, dem Großvater, der glücklich über den Sieg seiner Mannschaft war, und dem anschließenden Spektakel auf den Straßen, das sie vom Busfenster aus beobachteten. Dann die liebevolle Umarmung des Großvaters zum Abschied, die glasigen Augen und ein paar Münzen, die er ihm heimlich in die Hosentasche steckte: Damit du dir ein paar Sammelbildchen und Süßigkeiten kaufen kannst; und der Kuss auf die Stirn, der Geruch nach Großvaters Rasierwasser. Dann zwei Wochen, die sich ewig hinzogen, bis er ihn erneut abholen kam und ins Stadion mitnahm, ins Paradies, ins Glück.

»Heute hat Ihr Großvater nichts gegessen«, sagt ihm die Schwester. »Wir haben ihn in den Garten gebracht, damit er ein bisschen Sonne abbekommt, aber er ist sehr niedergeschlagen und weint die ganze Zeit.«

Ricardo Kublait, der berühmteste Sportmoderator des Landes, lächelt traurig. Die Schwester glaubt, eine Träne in seinen Augen zu entdecken. Diese Allergie bringt mich noch um, behauptet der Radiostar, doch die Schwester weiß, nicht das Frühjahr ist schuld, sondern die Erinnerungen.

»Ricardito, wie schön, dass du mich besuchen kommst! Hört her, Ricardito ist gekommen«, ruft der Großvater seinen Genossen der Einsamkeit zu.

Und die drei Neunzigjährigen aus der Clique des Großvaters, die gemeinsam ihre letzten, hoffnungslosen Tage verleben, applaudieren und umarmen den Moderator. Der ist gerührt, und seine wundervolle Stimme, die alle Hörer in ihren Bann zieht, diese samtene Stimme, die den Ball auf den Rasen zurückholt, Freund des Torwarts, Sprachrohr des Tores, Ricardo Kublait, die Stimme Argentiniens, versagt und bringt keinen Ton mehr heraus. Sein Besuch setzt der Depression des Großvaters ein Ende. Ricardito ist zu Besuch gekommen, Ricardito ist gekommen! Die Traurigkeit hat keinen Platz mehr, genauso wenig wie das Schweigen.

Die vier neunzigjährigen Freunde lachen, lassen alte Geschichten wiederaufleben. Ricardo hat frischen Wind mitgebracht, endlich jemand, der sie besucht.

»Weißt du was, mein Junge«, sagt einer von ihnen, »wir kommen uns hier vor wie Autos, die zur Verschrottung abgestellt wurden. Dabei haben wir so viel für euch Junge getan! Das ist ungerecht.«

Sie reden über Fußball, über Spieler aus der Vergangenheit, die sich heute nicht mal mehr ihre Fußballschuhe binden könnten, ohne dass es ihnen in den Rücken fährt, über die Herbstnachmittage, wenn sie zum Stadion unterwegs waren, die neuen Idole. Ricardo hört ihnen selbstvergessen zu, wie hypnotisiert, wie ein Schlafwandler, der sich darüber im Klaren ist, dass er schläft und gleichzeitig herumläuft.

Er sieht auf die Uhr. Zeit zu gehen. Heute findet das entscheidende Meisterschaftsspiel statt, im Bombonera-Stadion, dem Ort seiner Kindheit, und seine Augen werden feucht, wenn er an die Ausflüge an der Hand des Großvaters denkt. Desselben Großvaters, der heute in seinem hinfälligen Körper gefangen ist, mit Beinen, die ihm nicht mehr gehorchen, Augen, die kaum mehr sehen, Schließmuskeln, die sich nicht mehr kontrollieren lassen, Sabber, der ihm aus dem Mund läuft, Händen, die zittern, und einem intakten Gehirn, einer intakten Intelligenz.

»Ricardito«, sagt der Großvater und drückt Ricardos Hand, »weißt du noch, damals, als ich dich zu unserer Mannschaft mitgenommen habe?«

Und Ricardo Kublait, der bedeutendste Sportmoderator Argentiniens, kann eine Träne, die tief aus seiner Seele entspringt, nicht zurückhalten und sagt:

»Natürlich weiß ich das noch, Großvater, und du hast mir immer ein Milchkaramell-Eis gekauft.«

Der Großvater lächelt, und Ricardo, der berühmte Moderator Ricardo, vergießt eine Träne, weil er später, als er größer wurde und lernte, was das Leben bedeutet, erfuhr, dass sein Großvater damals kaum Geld hatte und dass er sparte, um seinen Enkel ins Stadion bringen und ihm ein Eis kaufen zu können.

»Natürlich weiß ich das noch, Großvater.«

»Ricardo, mein Junge, du bist der Engel, der uns die Freude gebracht hat«, sagt einer der neunzigjährigen Freunde des Großvaters.

»Ich muss jetzt los, sonst komme ich noch zu spät zum Spiel«, entschuldigt sich Ricardo errötend.

»Wir werden dich hören, Ricardito, heute müssen wir die Meisterschaft gewinnen«, sagt der Großvater.

»Wir drücken ganz fest die Daumen«, sagt einer aus der Clique der fast Hundertjährigen, »heute gewinnen wir die Meisterschaft ganz sicher.«

»Schwester, Schwester, Sie geben uns doch ein Gläschen Wein, falls wir gewinnen?«, fragt der Großvater.

Und die nette, pummelige Schwester, der man schon von weitem ansieht, dass sie ledig ist, lächelt und nickt.

»Wein!«, brüllt ein anderer aus der Clique, »heute müssen wir gewinnen, und dann trinken wir Wein!«

»Und stoßen auf Ricardito an«, sagt ein anderer, »der uns alles so erzählen wird, als wären wir selbst dabei gewesen.«

»Gib mir einen Kuss, mein Junge«, sagt ein anderer.

Großvater, ich liebe dich. Ich dich auch, Ricardito.

Auf der Fahrt von Chacaritas nach La Boca hat Ricardo Kublait einen Kloß im Hals. Der Rücksitz des Taxis, das zum Stadion rast, ist schwarz-gelb gemustert.

»Beeilen Sie sich bitte«, sagt Ricardo.

»Ihre Stimme kommt mir bekannt vor«, antwortet der Taxifahrer, und der Moderator lächelt gezwungen.

Am Stadion angelangt, spürt man sogleich das wunderbare Ambiente großer Fußballabende – die Fans, die Gesänge; Süßigkeiten werden verkauft, Wimpel, Mützen, Schals; die Spannung, die Nervosität, die Emotion.

»Ist irgendwas mit dir, Ricardo?«, fragt der Produktionsleiter, als der Moderator die Kabine betritt.

»Nein, nein, warum?«, fragt Ricardo mit abwesendem Gesichtsausdruck zurück.

»Keine Ahnung, du wirkst so komisch«, erwidert der Freund.

Ricardo setzt die Brille auf und beginnt, das Info-Material zu lesen, das sein Team für ihn bereitgestellt hat: Aufstellungen, Statistiken, Erklärungen … Jeder unvoreingenommene Beobachter würde sagen, er konzentriert sich auf seine Arbeit, unterstreicht, macht Anmerkungen. Jeder, der Ricardo kennt, merkt, dass er mit den Gedanken ganz woanders ist, nicht auf dem Platz, nicht in der Moderatorenkabine des wichtigsten Radiosenders des Landes, der Nabelschnur zu den Menschen, denen er aus dem Stadion berichten soll, in einer Zeit, in der die Fernsehtechnik noch ein ferner Traum ist, der erst in ein paar Jahren in Erfüllung gehen wird. Und hätte es in dem blauen Haus von Chacaritas Kameras und strategisch angeordnete Monitore gegeben, hätte Ricardo Kublait seinen Großvater im Rollstuhl sehen können, die karierte Decke über den Knien, und auch den Rest der Clique von Neunzigjährigen, dieser Truppe von jungen Männern, gefangen in alten, kaputten Knochengerüsten, die gerade an einem Radioapparat herumdrehen, ihrer einzigen Verbindung zur wirklichen Welt. Die wirkliche Welt, dachte Ricardo und brach in schallendes Gelächter aus.

Der Tontechniker sah ihn verdattert an. Ricardo, in zwei Minuten sind wir auf Sendung. Produktion, Programmleitung, Archivare … gleich kommt die Werbung. Ricardo wartet, zählt rückwärts, das Licht geht an – Wir gehen auf Sendung. Und Ricardo Kublait, die Stimme Argentiniens, wandelt sich, schüttelt die Melancholie ab und begrüßt das Land: Guten Abend, Argentinien, herzlich willkommen zu diesem Theater der Helden, der Träume und Emotionen, es brodelt auf den Tribünen, Gott helfe diesem Sprecher, die Worte zu finden, um Ihnen, meine lieben Zuhörer in ganz Argentinien, die Stimmung zu beschreiben, die hier spürbar, greifbar ist, die man hier im La-Bombonera-Stadion hautnah erlebt, dafür lohnt es sich zu leben, so wahr mir Gott helfe, denn heute wird die Partie des Jahrhunderts gespielt. Soeben kommen die Gladiatoren heraus, ja, das ganze Stadion brüllt, hört, ihr Freunde, das ganze Stadion brüllt, tost …

Dann kam die Werbung und der kleine Ohrwurm, den man nicht mehr aus dem Kopf bekam, und aus dem Off die salbungsvolle Stimme »Sie hören den großen Ricardo Kublait, Sprachrohr des Tores«, und das ganze Land, von Feuerland bis in die Anden, von den Iguazú-Wasserfällen bis Ushuaia, hielt vor dem Radio den Atem an, um die samtene Stimme des »Freundes des Torwarts«, des berühmten und verehrten Moderators Ricardo Kublait, zu hören.

Als das Spiel zu Ende war, küsste Ricardo jeden einzelnen seiner Kollegen. »*Hasta siempre,* meine Freunde, es war mir eine Ehre, mit euch zusammenzuarbeiten, ich liebe euch.«

Das Schweigen war dickflüssig wie das gestockte Blut eines Toten. Niemand wagte es, den Mund aufzumachen und auch nur irgendetwas zu sagen.

Zur selben Stunde stießen die Männer in dem blauen Haus von Chacaritas mit Wein an und erlebten den glücklichsten Augenblick ihrer letzten Lebensjahre.

»Wir haben gewonnen, was für ein Spiel!«, sagte einer.

»Ricardo hat so überragend berichtet; es war, als wären wir selber im Stadion gewesen«, sagte ein anderer.

»Schwester, könnten Sie uns noch ein Gläschen Wein bringen?«, fragte der Großvater. »Ich weiß, ich weiß, aber einmal ist keinmal, und heute sind wir alle so glücklich …«

Und die pummelige, nette, alleinstehende Pflegerin warf ihnen einen tadelnden Blick zu, füllte jedoch ihre Gläser mit einem Wein, der laut dem Großvater »rot war wie die Freude«. »Wie die Leidenschaft«, sagte ein anderer. »Wie das Glück«, sagte der Dritte.

»Ihr seid ja alle verrückt – als hätte die Freude eine Farbe«, sagte die Krankenschwester.

Als Ricardo nach Hause fuhr, stand ihm ein ewiges Lächeln ins Gesicht geschrieben. Der Taxifahrer nahm keine große Notiz davon, schließlich war er ein stiller, unauffälliger Kunde. Am Ziel angelangt, bezahlte er, gab ein großzügiges Trinkgeld, murmelte ein fast unhörbares Guten Abend und stieg die Treppen zu seiner Wohnung hoch.

Dort duschte er ausgiebig, versuchte, an nichts zu denken, während er den Ohrwurm trällerte, den er im Taxi gehört hatte. Er trocknete sich ab, zog einen frischen und bequemen Schlafanzug an, goss sich einen großzügigen Whisky ein und nahm eine Schlaftablette.

Er schlief wie ein Baby, und ab und an brachten süße Träume ihm die Erinnerung an süßes Milcheis zurück, an die süßen Küsse seines Großvaters und die schönen, süßen Nachmittage seiner Kindheit.

Es war ein unglaublicher Skandal. Die öffentliche Meinung schwankte zwischen Bestürzung und Empörung. Selbstverständlich wurde er hochkant hinausgeworfen, aber das war noch das kleinste Übel. Es gab Menschen, die ihn verklagten und ins Gefängnis bringen wollten. Seine Nachbarn weigerten sich, ihn zu grüßen. Seine Frau reichte die Scheidung ein, weil sie den gesellschaftlichen Druck nicht mehr aushielt. Niemand unterstützte ihn. Niemand verteidigte ihn. Ricardo Kublait wurde öffentlich gelyncht und war allein, ganz allein.

Man hielt ihn für verrückt, und das bewahrte ihn vor dem Gefängnis, denn die Anklage lautete auf Betrug. Die Mannschaft seiner Kindheit, die Lieblingsmannschaft seines Großvaters und der Clique der Neunzigjährigen hatte an diesem Abend die schlimmste und beschämendste Niederlage aller Zeiten erlebt. Dennoch hatte Ricardo Kublait, die Stimme Argentiniens, Freund des Torwarts, Sprachrohr des Tores, so über das Spiel berichtet, wie es ihm in den Kram passte. Er dachte einzig an die vier Zuhörer in Rollstühlen in dem Blauen Haus von Chacaritas, und deshalb war das Ergebnis in seiner Radio-Version exakt das Gegenteil. Ein Abend, der in die Geschichte eingehen wird, sprach er ins Mikrophon, nur die älteren Fans unter Ihnen werden sich noch an eine ähnliche Leistung dieser Mannschaft erinnern, sagte er mit leicht stockender Stimme, und halb Argentinien glaubte an eine Realität, die nicht existierte.

Der Großvater starb kurze Zeit später, ohne etwas von dem Skandal mitbekommen zu haben.

»Er ist glücklich gestorben«, sagte die pummelige Krankenschwester.

Und als Ricardo an seinem Grab stand, dachte er, dass er wohl nie wieder, ganz gleich wie viele Jahre das Leben ihm noch schenken würde, in der Lage wäre, etwas so Wundervolles zu tun.

Heute wirkt Ricardo besonders traurig. Er spricht kaum, sein Blick ist auf die Bierflasche geheftet. Horacio Ricott, der ihm gegenübersitzt, liest Zeitung. Bei der zweiten Bestellung beschließen sie endlich, zu reden.

»Was ist los mit dir, Ricardo?«

»Keine Ahnung, ich bin merkwürdig drauf, nimm es nicht so ernst, aber irgendwie habe ich heute keine Freude am Leben.«

Horacio nahm es absolut ernst, schließlich kannte er dieses Gefühl der Verlassenheit, der absoluten Mutlosigkeit, der unendlichen Traurigkeit, der unabdingbaren Müdigkeit zu gut.

»Ist irgendwas passiert, was ich wissen sollte? Oder etwas, was du mir erzählen willst?«

»Nein, nein, nichts Außergewöhnliches«, sagte Ricardo. »Aber es gibt eben Tage, da frage ich mich, was wir hier machen. Ob das alles einen Sinn ergibt, ob es wirklich rechtens ist, dass wir nur von diesen Idioten und Halsabschneidern umgeben sind, die alles in der Hand haben, und ob wir wirklich all die Dummheiten von diesen Leuten schlucken müssen, die das Ganze hier lenken. Versteh mich nicht falsch, ich meine nicht nur die Politiker, sondern auch die Unternehmer, Gewerkschafter, Journalisten und anderen Marionetten und sogar den Trottel von der Eckkneipe. Verdammt noch mal, ich verstehe einfach nicht, warum reden nichts kostet, manche Leute reden einen so grauenhaften Stuss. Man müsste sie strenger kontrollieren oder Geld verlangen fürs Reden, dann würden sie wenigstens zweimal überlegen, ehe sie so viel Stuss und Gemeinheiten von sich geben.

Horacio lächelte. Er teilte den Widerwillen gegenüber dem Schwachsinn, den manche Menschen von sich gaben und trotzdem ungestraft davonkamen; Lügen, Schmähungen, Verleumdungen … Gerne hätte er Menschen dieses Schlags das Recht auf Meinungsäußerung entzogen, doch das widersprach eindeutig seiner strikten Achtung der Meinungsfreiheit, und deshalb befand er sich in einem Dilemma.

Das war auch der Grund, weshalb er sich auf das zurückzog, was er am besten konnte, nämlich das Bücherverschreiben. Schließlich ist fast alles bereits von jemandem vor uns geschrieben oder gedacht worden. Er nahm sein Notizbuch zur Hand, das in Wahrheit eher wie ein Scheckheft aussah, und schrieb ein paar Wörter auf.

Ricardo nahm sie mit der Ruhe des Menschen entgegen, der es gewohnt ist, derartige Rezepte ausgestellt zu bekommen. Er blickte auf und sah Horacio an, faltete den Zettel zweimal zusammen und verwahrte ihn in der Brusttasche seines Hemdes.

»Ist das ein Schriftsteller vom Balkan?«, fragte er.

Der Mann, der Bücher verschrieb, zuckte mit den Schultern.

»Das weiß eigentlich keiner, er ist ein sehr scheuer Mensch, aber dem Namen nach könnte er es sein. Ach, übrigens«, fügte Horacio hinzu, »es wird nicht ganz leicht sein, das Buch zu finden, weil es nur wenige Exemplare davon gibt.«

Ricardo sah erneut auf das Rezept: »Der Wörterschmuggler« von Oilatan Tiasaj.

Der Titel kam ihm recht kommerziell vor, wenig originell, außerdem war dieser Oilatan Soundso ein Autor, von dem er noch nie etwas gehört und erst recht nichts gelesen hatte. Doch es war der Buchtitel, den sein Freund Horacio aufgeschrieben hatte, als er das Rezept ausstellte, ein Buch über den Verfall der Gedanken und der Sprache, über hochmütige Analphabeten, die zu viel reden, über bescheidene Menschen, die nicht sagen, was sie denken, und über die verkommenen Regeln des Spiels, jenes Spiels nämlich, das den einsamen Ex-Moderator Ricardo Kublait veranlasste, an einem jener hereinbrechenden Abende, an denen die Gassen von Buenos Aires dieses gewisse Etwas haben, die erste Seite dieses Buchs aufzuschlagen.

Der Wörterschmuggler

Zum Geburtstag bekam Lucas vierhundert Wörter geschenkt. Die ersten beiden verbrauchte er, um seiner Mutter zu danken, und mit den nächsten sechzehn schrieb er dem Mädchen, in das er verliebt war, ein paar Verse. Es war schon einige Monate her, dass der Multinationale Konzern Pinkerton die Nutzungsrechte für sämtliche Sprachen der Welt erworben hatte, für alle gesprochenen und geschriebenen Idiome, für alle erfundenen Wörter. Seitdem musste jeder, der Sprache einsetzen wollte, Herrn Pinkerton Rechte bezahlen. Und deshalb wurde immer weniger gesprochen. Nur noch die Reichen konnten es sich leisten, auf hohlen Partys verschwenderisch draufloszureden, alberne SMS zu schreiben oder mittels Sprache ihre Feinde anzugreifen. Dichter schrieben heimlich und nur für sich, da sie nicht in der Lage waren, für all die schönen Adjektive zu bezahlen, die sie zu Papier brachten.

Der Valentinstag stand bevor, und in den großen Schaufenstern der Kaufhäuser lagen, dem Anlass entsprechend, »Ich liebe dich«-Aufschriften aus. In Samtschächtelchen mit roter Schleife wurden sie zum halben Preis verkauft. Für einen kleinen Aufpreis konnte man auch eigene Nachrichten verfassen – ganz individuell, hieß es in der Leuchtreklame – oder verlorene Wörter zurückkaufen, die man nie auszusprechen gewagt hatte.

Die Konsummaschinerie lief auf Hochtouren. Die Welt

verkam, in einen Mantel des Schweigens gehüllt, während sich Unwissenheit breitmachte, und ein riesiger Schwarzmarkt erblühte, den man mit allen Mitteln bekämpfte. Doch der junge Lucas hatte vierhundert Wörter geschenkt bekommen, die er ganz frei wählen durfte, und seine zügellose Phantasie suchte bereits nach den besten Kombinationsmöglichkeiten, um dem geliebten Mädchen die schönsten Dinge zu sagen.

Es war noch gar nicht hell, und doch roch es schon nach Kaffee. Es ist erstaunlich, welche Wirkung Kaffee haben kann; sein morgendliches Aroma allein verwandelt einen unwirtlichen Ort in ein heimeliges Zuhause.

Das dachte bestimmt auch Pinkerton, der seine Schlaflosigkeit verfluchte: Kein Auge hatte er zugetan, sich hin und her gewälzt in dem riesigen, leeren und kalten Bett, denn sosehr man das Haus auch heizte – es blieb kalt und grau.

Der Wecker klingelte – ein absurdes Wehklagen, unnötig laut für jemanden, der sich nur schwer den Träumen hingab. Dennoch ein Ritual, so viele Jahre schon. Morgens um sechs.

Um diese Uhrzeit stand Señora María bereits seit einer geraumen Weile in der Küche. Das war ihr Reich, und dort bewegte sie sich mit der Sicherheit eines Menschen, der den Boden kennt, den er betritt. Wäre Pinkerton einmal allein zu Haus, würde er wahrscheinlich nicht einmal die Zuckerdose finden. Denn selbstverständlich wurde ihm der Zucker gebracht, in einem kleinen Silberdöschen, zusammen mit dem Porzellangeschirr aus dem 14. Jahrhundert, das er vor Jahren auf einer Auktion in London erstanden hatte.

Nach dem morgendlichen Bad – Señora María hatte ihm die Badewanne mit heißem Wasser und Salzen gefüllt – öffnete Pinkerton seinen Ankleideraum. Dort hingen nicht weniger als fünfzig maßgeschneiderte Anzüge in allen nur erdenklichen Grautönen, als wäre es die Palette eines farbenblinden Malers, der nur Schwarz und Weiß verwendet.

Davor die Hemden, an die hundert, von unbeflecktem Weiß bis hin zu Schwarz, die gesamte Bandbreite der Grau- und Cremetöne durchlaufend. Und danach die Krawatten. Alle aus Seide. Alle schwarz. Hier gab es keine Zweifel oder Diskussionen. Pinkerton trug nur schwarze Krawatten.

An diesem Morgen fühlte er sich wohl, also wählte er ein weißes Hemd, einen dunkelgrauen Anzug und natürlich eine schwarze Krawatte. Als er hinunter ins Arbeitszimmer ging, war der ganze Raum bereits von Kaffeeduft erfüllt. Zwei Toasts, Marmelade, Butter und ein Apfel. Den Apfel nahm er stets mit und aß ihn im Auto, auf dem Weg zum Büro.

Señora María stand seit fast vierzig Jahren in Señor Pinkertons Diensten, sie hatte ihn altern, in den kalten Nächten des Winters zittern, in denen des Sommers vor Einsamkeit weinen sehen; sie hatte ihm Kopf und Rücken eingeseift, hatte ihn getröstet, wenn die Depression ihn plagte und er sich wie ein verlassenes Kind fühlte, hatte ihm Lindenblütentee zubereitet, wenn er nervös war, ihm tausenderlei Gerichte gekocht, tausenderlei Menüs im Laufe so vieler Jahre, hatte ihm die Wäsche gewaschen, Hemden, Socken, Unterhosen, ihn an Weihnachten angelächelt, wenn er den Sekt kalt stellte, hatte seine Briefe verschickt und obendrein Tag für Tag, fast vierzig Jahre lang, seinen Krawattenknoten gebunden. Denn so mächtig er war, Señor Pinkerton wusste nicht, wie man einen Krawattenknoten band.

Señora María hatte ihn nie geduzt, so etwas hätte sie nie gewagt. Und Pinkerton hatte niemals ein nettes Wort an sie gerichtet, alles war nüchtern und professionell. Niemals umarmten sie sich. Niemals küssten sie sich auf die Wangen. Niemals.

Doch nun standen sie an einem dieser Morgen einander gegenüber, Pinkerton frühstückte, und die alte Señora María sorgte dafür, dass es ihm wohl erging. Er sah sie an und versuchte zu lächeln, wusste jedoch nicht, wie man das machte, denn er hatte nicht gelernt, zu lächeln. Sie senkte den Blick und verließ den Raum.

Nachdem Pinkerton sein Frühstück beendet hatte, nahm er die Aktentasche und trat auf María zu. Sie zog ihn etwas zu sich heran, ergriff seine Krawatte, band einen perfekt sitzenden Knoten und lächelte ihm zu. Er versuchte zurückzulächeln, doch, wie gesagt, es war ihm unmöglich. Sie sprachen nicht. Erzählten sich nichts. Sprechen war teuer, und am Monatsende war Señora María immer knapp bei Kasse.

Ein großes Auto, geräumig, schwarz. Ein Chauffeur mit Mütze, in Livree, wie aus dem Ei gepellt. Es war noch vor acht. Fahrer mit derart antiquierten Uniformen hatte sonst niemand mehr, doch Pinkerton war unbeugsam; jeder Arbeiter hat seine Pflicht zu erfüllen, pflegte er zu sagen. Und dort war er also, sein Chauffeur, ausgeschlafen und adrett, als gäbe es keine Nacht, nach Eau de Cologne und Deodorant duftend und so gar nicht nach dem Schweiß seiner Familie, die in einer Fünfundvierzig-Quadratmeter-Wohnung lebte, eine Stunde vom Haus des Dienstherrn entfernt.

»Guten Morgen, Señor Pinkerton.«

Pinkerton hob die Hand und brummte etwas, das kein Mensch verstand. Auf dem Rücksitz, perfekt angeordnet, das Pressedossier des Tages. Politik, Wirtschaft, Finanzen und auch ein wenig Sport. Keine Kultur.

Es hätte sicher niemand bemerkt, doch hinter Pinkertons glänzendem Wagen startete ein anderes Fahrzeug. Es waren seine Leibwächter. Weitere, auf Motorrädern, hätten bereits mehrmals die zehn Kilometer zurückgelegt, die Pinkertons Haus vom Konzerngebäude trennten.

Silberne Lettern hießen den Besucher willkommen. »Multinationaler Konzern Pinkerton«. Der Chef stieg aus, glättete die Seide seines Anzugs und betrat das Gebäude. Als er hereinkam, wurde es still. Es war viel Betrieb, doch niemand sagte etwas. Pinkerton begab sich geradewegs zu seinem Privataufzug. Der Liftboy verneigte sich und drückte auf den Knopf. Dreiundfünfzigste Etage. Während der Fahrt wechselten sie kein einziges Wort, keinen Gruß. Neben Pinkerton ein Leibwächter oder dergleichen, ungerührt, arrogant. Pinkerton sprach auch ihn nicht an.

Pinkertons Büro war geräumig, riesig, um genau zu sein, viel größer als die Wohnung seines Chauffeurs und die von Señora María. Es war minimalistisch eingerichtet, praktisch nackt: eine große Kristallplatte auf zwei stabilen silbernen Böcken, ein schwarzer Ledersessel, ein riesengroßes Picasso-Bild, das fast von einer Wand zur nächsten reichte – ursprünglich aus einem Museum, das es aber wegen drastischer Mittelkürzungen verkaufen musste –, und ansonsten fast nichts.

Auf dem Glastisch lagen nie Schriftstücke. Das Telefon – in Wirklichkeit waren es drei – versteckte sich in einem Beistellschrank neben dem Tisch. Es gab kein einziges Buch, kein Foto, kein persönliches Detail. Nichts, was den Besitzer dieses Universums verraten hätte, es hätte ebenso gut ein Fernsehstudio sein können oder das Bühnenbild eines Theaterstücks. Doch es war das Büro Pinkertons, Herzstück des mächtigsten Weltkonzerns, eines Universums mit Hunderttausenden von Angestellten auf fünf Kontinenten, das neben zahlreichen anderen Aktivposten die Rechte für die Nutzung sämtlicher Sprachen, Idiome und Wörter innehatte. Und alles wurde von dort aus gesteuert, von einem Büro ohne Schriftstücke oder Bücher.

Der kleine Pinkerton, das Kind, hatte gestottert. Und das war eine Qual gewesen. In der Schule machten ihm die anderen Kinder, grausam, wie nur Kinder sein können, das Leben zur

Hölle. Sie lachten ihn aus, beschimpften ihn, hatten kein Erbarmen. Pinkerton wurde nervös und versuchte sich zu verteidigen, doch je mehr er sich bemühte, seinen Klassenkameraden etwas entgegenzusetzen, umso nervöser und angespannter wurde er … und umso mehr stotterte er.

Pinkerton-ton, nannten sie ihn und brachen in höhnisches Gelächter aus.

Pinkerton-ton wurde am Ende zu Ton-ton, und dieser kleine Pinkerton gelobte, sich irgendwann an dieser elenden Meute zu rächen.

Er hatte ihn direkt vor Augen gehabt. Einen breiten, sich gegen den grünen Hintergrund abzeichnenden Fluss, der Hunderttausende von Meilen zurücklegte, sich verzweigte, verdoppelte und dann seinen Weg ins Meer fand.

Die Ohrfeige brachte ihn zurück in die Realität.

»Pinkerton, wo bist du schon wieder mit deinen Gedanken?«

Der Kleine hatte sich tatsächlich gerade vorgestellt, die Risse in der Schiefertafel seien Flüsse, die das Land durchschnitten. Ein Land der Abenteuer, versteht sich, und Pinkerton hatte sich ausgemalt, wie er mit einem Segelboot auf diesem Fluss fuhr und die kühle Abendluft einatmete und von der Backbordseite den Sonnenuntergang in der Ferne betrachtete.

»Ich habe dich jetzt schon drei Mal aufgefordert, dass du das multiplizieren sollst.«

Der unbeugsame Lehrer stellte den Kleinen vor den Mitschülern bloß, doch dem war das gleichgültig, denn er befand sich längst ganz woanders, segelte trotz des brennenden Nackens flussabwärts Richtung Meer.

Wenig später, in der Pause, saß Pinkerton mit seinen Klassenkameraden auf den Treppen des Basketballplatzes. Es fand ein Match statt, und die Fans feuerten ihre Spieler an. Auf einmal brüllte jemand etwas Grobes, sehr Unflätiges gegen eine der Mannschaften. Es war der Junge, der neben Pinkerton saß, ein Blondschopf aus einer höheren Klasse, der sich stets über ihn lustig machte. Sofort kam ein Lehrer herbeigeeilt, der dachte, die Schmähung sei aus Pinkertons Mund gekommen.

»Du ungehobelter Kerl«, sagte er zu ihm und verpasste ihm einen Schlag ins Gesicht, der seine Brille in die Mitte des Spielfelds beförderte.

»Ab… ab… aber, wenn ich doch ni… ni… nichts gemacht habe«, brachte der kleine Pinkerton schluchzend hervor.

»Und ein Lügner obendrein«, erwiderte der Hüter der Weisheit und verpasste ihm schallend die nächste Ohrfeige.

Der Spott ließ nicht lange auf sich warten. Die Klassenkameraden fingen zu lachen an, Pinkerton-ton, Scheiß-Stotterer, Bastard, Abschaum, ab… ab… aber, wenn ich doch ni… ni… nichts gemacht habe, höhnten sie.

Der kleine Pinkerton weinte, schluckte die Tränen aber hinunter, da er vor diesen blöden Kerlen nicht so dastehen wollte: geschlagen, erniedrigt, deprimiert und ungerecht behandelt. Doch ganz tief in seinem Innersten schwor Pinkerton sich, dass sich das ändern würde.

Als Inspektor Harpo von der neuen Mission erfuhr, war er sprachlos. Seine Karriere war zwar musterhaft verlaufen – schließlich hatte er seine Missionen stets gewissenhaft ausgeführt, hatte einige bemerkenswerte Erfolge erzielt und fühlte sich von seinen Vorgesetzten wertgeschätzt –, aber das hier überstieg bei weitem seine Erwartungen: Er war dazu auserkoren worden, das komplexe Netz des Widerstands zu zerschlagen, jener mysteriösen Organisation, die die Unverfrorenheit besaß, das System herauszufordern, außerdem gegen die bestehende Ordnung verstieß und immer größere Bevölkerungsschichten aufwiegelte.

Zu Hause angelangt, ging der Inspektor seiner Alltagsroutine nach. Er ließ sich aufs Sofa fallen, zog die Schuhe aus, lockerte den Krawattenknoten und holte sich etwas zu trinken. Er lächelte seiner Frau zu. Nach gut dreißig Ehejahren war es für die beiden ein Leichtes, Stimmungen wie Freudlosigkeit, Besorgnis und Ermüdung, aber auch Freude und Erregung beim anderen zu erspüren. Und diesmal sprachen Harpos Augen mit einem besonderen Glanz.

Als er seiner Frau von der Beförderung und der ihm übertragenen Mission erzählte, war seine Zufriedenheit nicht zu übersehen. Es erfüllte ihn mit besonderem Stolz, dass ausgerechnet er für diese Mission auserwählt worden war, gewiss die komplexeste Aufgabe, der er sich in seiner ganzen langen Laufbahn gegenübersah. Der Feind, der sich weigerte, für das Sprechen zu bezahlen, war nun global, so global wie die Gesellschaft und die Aktionen des Widerstands, die sich wie Staub über die ganze Erde ausbreiteten. Inspektor Harpo glaubte, gegen eine äußerst gutstrukturierte Organisation ankämpfen zu müssen, mit Untergruppen an vielen Orten, mit einem umfangreichen Netz von Mitwissern und Spionen und einem klug aufgebauten System zur Verbreitung des Chaos und zur Auflehnung gegen die Fesseln der Autorität.

Aber er fürchtete sich nicht vor dieser Mission. Er würde zwar viel Zeit dafür aufbringen müssen, und sicher würde seine Familie am meisten darunter leiden, doch wennschon – die ihm übertragene Mission war es wert. Es war die Chance seines Berufslebens, längere Abwesenheiten und dergleichen nahm man da gern in Kauf. Überhaupt wurde wegen der Steuer auf Wörter kaum noch miteinander gesprochen. Es war wie eine Spirale: Da man immer weniger redete, hatte man sich auch immer weniger zu sagen.

Er holte sich ein Erfrischungsgetränk, doch diesmal fügte er einen Schluck Gin hinzu. Was soll's, dachte seine Frau, heute ist ein besonderer Tag. Und mit unendlicher Sanftheit im Blick beobachtete sie von der Küche aus ihren Mann, während sie mit umgebundener Schürze die Kartoffeln frittierte.

Der stets gründliche Harpo nahm einen ordentlichen Schluck. Den ersten mochte er am liebsten, wenn die Kohlensäure des Erfrischungsgetränks in der Nase kitzelte. Er spürte den bitteren Geschmack und legte die Stirn in Falten. Nun denn, an die Arbeit, dachte er.

Er schlug sein Ermittler-Notizbuch auf und breitete einen Stadtplan auf dem Tisch aus. Darauf trug er die Orte ein, an denen die Aktionen des Widerstands erfolgt waren. Dann versuchte er, einen gemeinsamen Nenner zu finden, eine Logik zu erkennen in dieser Fülle von Aktionen, die die Behörden in Schach hielten. Doch er entdeckte nichts, nicht einmal wenn er die geographischen Punkte, wo die Handlungen sich ereignet hatten, mit einem Filzschreiber miteinander verband. Nichts. Sie schienen keiner logischen Sequenz zu gehorchen. Und da dachte Harpo, dass er es mit einem Feind zu tun hatte, der viel organisierter und intelligenter war als angenommen.

Der Feind war natürlich niemand anders als der verliebte Bengel mit der blühenden Phantasie. Das einzige Anliegen des jungen Lucas war es, das Mädchen seiner Träume zu verführen, die wunderschöne Clara mit den Augen von der Farbe des Meeres. Alles andere war ihm egal.

Ihm war weder bewusst, welche Auswirkungen die Kommerzialisierung der Sprache hatte, noch war ihm bewusst, dass die Kinder der einfachen Leute viel später sprechen lernten und einen geringeren Wortschatz ausbildeten, weil bei ihnen zu Hause kaum geredet wurde. Genauso wenig ahnte er, dass die einst lebendigen Märkte zu traurigen, feierlichen Orten geworden waren, da die Händler ihre Waren und Angebote den Kunden nicht mehr schreiend feilboten. Und dass der Mensch, der ja in der Lage ist, aus allem und jedem schmutzigen Profit zu schlagen, nun die Gelegenheit beim Schopfe packte, unschuldigen Bürgern das Geld aus der Tasche zu ziehen. Es gab Menschen, die am Tag ihrer Beerdigung mit mehr Wörtern bedacht wurden, als sie zu Lebzeiten verbraucht hatten, Menschen, die mehr bezahlen mussten, weil sie auf Hochzeiten sprachen – und auf diese Weise hatte man auch schon die Friseure und die Restaurants geschröpft, weil sie tagtäglich dieselben Wörter benutzten. All das wäre natürlich nicht möglich gewesen ohne den technischen Fortschritt, der es erlaubte, alles, was gesprochen und geschrieben wurde, augenblicklich in Rechnung zu stellen.

Der Staat war zweifelsohne begeistert, waren doch die Steuern, die diese Regelung einbrachte und die der multinationale Konzern entrichtete, enorm. Nur die Kirche und die Armee hatten sich von der Zahlung befreien können, ein Konkordat, die nationale Sicherheit … das Übliche.

Der Brief, den Lucas seiner Clara mit den geschenkten Wörtern schrieb, war wunderschön, so schön, dass sie gerührt war, und hätte jemand in diesem Augenblick ihre Augen von der Farbe des Meeres betrachtet, hätte er sehen können, dass ihnen tatsächlich Wasser entströmte. Die Tränen des Glücks sind der Inbegriff des Wassers, jener Flüssigkeit, die uns das Leben schenkt, hatte Lucas geschrieben.

Doch das war noch nicht genug, und nachdem er alles Angesparte verbraucht hatte, wollte Lucas einfach fortfahren, Claras Herz zu berühren, ihr einmal und tausendmal sagen, was er fühlte. Aber es gab da ein Problem: Lucas und seine Familie waren arm.

Claras Eltern hingegen zählten zur Mittelklasse, verfügten über einen Status, der sich in zwei bis drei Generationen des Sparens und Schuftens gefestigt hatte. Sie gehörten zu den wohlhabenden, verantwortlichen Bürgern, denen bewusst war, dass Ordnung und Hierarchie unerlässlich waren. Nie wäre es ihnen in den Sinn gekommen, etwas Illegales oder den Regeln Widersprechendes zu tun. Claras Vater erinnerte sich noch gut an die Strafe, die er einmal bezahlen musste, weil in seinem Auto der Ersatzreifen fehlte. Was zum Teufel ging es den Staat an, dass er keinen Ersatzreifen dabeihatte? Im Falle einer Panne wäre schließlich er der einzige Geschädigte. Wer war der Staat, dass er ihm einfach den an diesem Tag ehrlich verdienten Lohn wegnehmen durfte? Wie sollte man sich einem harten Arbeitstag stellen, wenn man von vornherein wusste, dass alles, was man an diesem Tag verdiente, für die Bezahlung einer absurden Strafe draufging?

Nun ja, nicht einmal bei dieser Gelegenheit hatte Claras Vater es gewagt, zu protestieren oder sich gegen diese Ungerechtigkeit aufzulehnen. Glücklicherweise liefen die Dinge gut bei ihm, seine wirtschaftliche Situation war gefestigt, seine Familie intakt, und er bezahlte auch bereitwillig seine Steuern, selbst wenn es für so etwas Blödsinniges und Absurdes wie das Sprechen war. Deshalb redete man bei Clara zu Hause viel und stets ganz legal, weil für jedes Substantiv, für jedes Verb und für jedes Adverb bezahlt wurde.

Der erste Verbündete des Widerstands waren die Wellen. Am Strand schrieb Lucas seiner Geliebten schöne Botschaften in den Sand. Clara las sie vom Fenster ihres Zimmers aus, mit diesem Lächeln, das Gewitterwolken vertrieb. Und dann verrichteten die Wellen ihr Werk und löschten die Wörter wieder aus, noch bevor Inspektor Harpos Polizisten zur Stelle waren, denn schließlich sind die Flut und die Natur mächtiger als jedes menschliche Unternehmen. Ohne Beweise gab es auch kein Verbrechen, und die Wellen waren systematischer und zielstrebiger als die Behörden, und jedes Mal, wenn Lucas in den Sand schrieb, schützten sie ihn.

Lucas' Phantasie war unerschöpflich. Und bald schon begann er, den Boden mit Versen zu verminen. Statt Bomben, die explodierten, wenn man darauftrat, vergrub der Feind nun Bücher und Wörter. Es dauerte nicht lange, bis Spezialisten kamen und die Minen entdeckten, Menschen mit gutem Geruchssinn und einem Gespür für Schmuggeltexte, die man umsonst lesen konnte. Unterdessen beschloss Harpo, eine Spezialeinheit zum Aufspüren verborgener Wörter zu bilden. Doch sosehr die Polizei sich auch mühte, es gelang ihr nie, Lucas zu stellen, denn gegen die Kombination von Liebe und Phantasie kommt niemand an. Der nächste Schritt war, auf Geldscheine zu schreiben, simple, an eine einzige Adressatin gerichtete Botschaften, die nach und nach zu einem Phänomen wurden. Der Plan war ganz einfach: Auf jeden Geldschein, den er in die Hand bekam, schrieb Lucas eine Botschaft, denn Geld reist schnell und frei, wandert von Hand zu Hand, kennt keine Grenzen und auch keine Zensur oder Steuern. Die Idee war genial, konnte aber noch weiter perfektioniert werden: Je kleiner beispielsweise die Scheine, umso größer wären die Möglichkeiten ihrer Verbreitung. Auf einen Hunderter konnte man nur eine Botschaft schreiben, tauschte man diesen Hunderter jedoch gegen hundert Einer ein, verhundertfachte sich die Botschaft und die Wirkung.

Bald gab es in der Stadt niemanden mehr, der die Liebesbotschaften auf den Geldscheinen nicht gelesen hätte. Einige begannen sogar, die Scheine zu sammeln, wie Sammelbildchen, um all die schönen Verse zu bewahren, die Lucas an Clara schrieb. Schnöde Münzen hatten nie zu etwas so Wundersamem gedient.

Und während dies geschah und den Behörden die Ordnung aus den Händen glitt, trachteten Harpo und seine Männer noch immer danach, diese vermeintlich so komplexe Organisation zu entlarven, die den Staat und seine Regeln herausforderte.

Lucas wurde nie entdeckt. Vielleicht hätten sie es geschafft, wenn in ihren Herzen noch der Rest einer Kinderseele gewesen wäre, ein klein wenig Phantasie und Liebe. Doch ihre Herzen waren trocken. Sie hatten die Fähigkeit zu träumen verloren.

Wie es wohl wäre, Schuhe zu besitzen? Wie würde sich das Gehen anfühlen, wenn man nicht mehr den Steinen ausweichen müsste, im Winter keine kalten Füße bekäme, sich im Sommer nicht die Fußsohlen verbrannte? Zwölf Kilometer täglich, hin und zurück, um in eine Schule ohne Heizung, ohne Bücher und fast ohne Lehrer zu gelangen. War es da verwunderlich, dass die Eltern der kleinen María es lieber sahen, wenn das Mädchen sich der Familie anschloss und mithalf, auf der städtischen Müllkippe nach Dingen zu suchen, die man essen, verkaufen oder auf dem improvisierten Feuer zum Schutz gegen die Kälte verbrennen konnte?

Doch als die kleine María zu einer schönen jungen Frau mit zarter Haut und scheuem Blick herangewachsen war, als nicht einmal mehr die Lumpen, die sie trug, die Schönheit dieses Körpers, die Vollkommenheit der Formen und den Meeresgeruch dieses Geschöpfs verbergen konnten, sprach der Vater mit großem Ernst zu ihr und duldete keinen Widerspruch.

»Es gibt hier schon zu viele Münder zu stopfen, mein Kind, und du trägst nicht genug zu unserem Lebensunterhalt bei. Geh in die Stadt und verdiene dein Geld als Hure oder Dienerin. Was auch immer dir lieber ist, für beides bist du geeignet.«

Maria entschied sich für das Dienen und wurde in einem riesigen Herrenhaus vorstellig, das sie gleich nach ihrer Ankunft erblickte. Sie war überzeugt davon, wenn dort etwas benötigt werde, dann wäre es Dienstpersonal. In ihrer Unschuld dachte sie, die Herrin dieses Hauses brauche dringend Unterstützung, als gäbe es dort nicht bereits ein Heer von Bediensteten, als wären sie es dort nicht längst leid, den Abschaum der Gesellschaft zu empfangen, der um eine Anstellung bettelte.

Doch María hatte Glück. Genau an diesem Tag, gerade als sie an den Zaun des Herrenhauses trat, fuhr das Auto des Besitzers in das Herrenhaus ein, und als er die barfüßige

Schönheit erblickte, die gerade versuchte, mit dem Türhüter zu verhandeln, bat er seinen Chauffeur, anzuhalten, und sprach die junge María an.

Und so kam es, dass dieses Mädchen, das ein paar Tage zuvor noch barfuß zur Schule gegangen war, zur jüngsten Dienerin des Herrenhauses wurde.

Die ersten Tage waren nicht einfach. Eifersucht und Neid der Kolleginnen machten ihr die Arbeit und das Leben zur Hölle. Grausam und kleinlich, wie nur Einäugige unter Blinden es sein können, lehnten diese armen, im Dienste des Herrenhausbesitzers ein trauriges Dasein fristenden Menschen die schöne María ab: vielleicht, weil sie die Bescheidenste war, die Vornehmste, die Hilfsbereiteste, die Dankbarste, die Strahlendste. Und vielleicht auch, weil sie hinreißend schön war. Eine explosive Mischung, von der sich die armen Bediensteten, die im Laufe der Jahre ihre Privilegien erworben hatten, bedroht fühlten. Und doch war María glücklich, weil sie endlich ein paar Schuhe besaß.

So arbeitete sie also eine Weile in dem Herrenhaus, jedoch nicht allzu lange, denn bald schon trat sie in den Dienst eines intelligenten jungen Mannes, der es mit seinen Geschäften bereits zu einem kleinen Vermögen gebracht hatte und so ehrgeizig war, dass ihm eine vielversprechende Zukunft bevorstand. Dieser schüchterne, stotternde junge Mann war heute, fast ein halbes Jahrhundert später, der Herr der Wörter, Besitzer aller Sprachen der Welt – Señor Pinkerton.

Seit drei Tagen kocht María ihm morgens keinen Kaffee mehr, seit drei Tagen setzt sie ihm kein Badewasser mehr auf, seit drei Tagen bindet sie ihm nicht mehr die Krawatte.

Heute ist Señora María zu ihrer alten Schule gegangen. Wenig hatte sich in all den Jahren verändert. Die Armen waren immer noch arm, die Bettelarmen in völliges Elend verfallen und die Mittelklasse praktisch verschwunden. So viele Jahre und kein Fortschritt. Sie selbst war nahezu Analphabetin, hatte nie mehr richtig schreiben gelernt, und doch faszinierte sie noch immer diese Zauberkunst: diese merkwürdigen, mit Kugelschreiber oder Feder und Tinte aufs Papier gekritzelten Symbole, die so schöne Dinge bedeuteten. Es war der Zauber der Sprache, der Señora María weitgehend verschlossen geblieben war.

Auf dem Schulhof erblickte Señora María ein Mädchen. Sie war wohl kaum älter als sechs oder sieben. Und sie war barfuß. In dem riesigen Schulranzen, der auf ihren Schultern lastete, waren die Hefte, die Bücher und das kärgliche Essen. In ihren Armen hielt das Mädchen ein Baby. Das Mädchen war noch keine sieben Jahre alt und musste sich bereits um den kleinen Bruder kümmern. Dieses Bild rührte María sehr; sie spürte, dass das Unrecht noch immer die Welt beherrschte und dass ihr eigenes Leben gar nicht so schlimm gewesen war.

Aber wie anders würde für sie, die edle, gutherzige Señora María, nun alles werden, da Señor Pinkerton tot war und ihr sein ungeheures Vermögen hinterlassen hatte.

Club der Auslandskorrespondenten

»Na los, noch eine Runde für alle!«

»O nein, bitte nicht, ich werde sonst noch ganz beduselt.«

»Komm schon, Schätzchen, einmal ist keinmal«, sagte Wendy.

Bruno Labastide lächelte gedankenverloren, während er den Charme des hartgesottenen Weltenbummlers spielen ließ. Er gab sich als Journalist und Kriegsberichterstatter aus, obwohl er eigentlich noch nie an der Front gewesen war. In Wirklichkeit hatte er den Irakkrieg von einem komfortablen und klimatisierten Hotelzimmer des Kairoer Marriott aus verfolgt und seine »Reportagen aus der Hölle« – wie er sie, auf Rimbaud anspielend, frech nannte – in Badehose an der Poolbar geschrieben, zwischen kurzen Abkühlungen im Wasser.

Labastide hatte nämlich einige Monate lang für eine berühmte französische Wochenzeitschrift gearbeitet, die einst für ihre Fortschrittlichkeit und ihren hohen intellektuellen Standard bekannt war, inzwischen aber ihren Todeskampf ausfocht als Teil einer auf Abfall-Recycling spezialisierten Investment-Gruppe, die einzig auf ihre Interessen und ihr Geschäftsvolumen bedacht war.

Der Kellner brachte die drei Gläser.

»*Ladies*, auf Ihr Wohl. *Santé!*«, rief Labastide feierlich aus.

Wendy und Margie, zwei gerade sechzig gewordene Amerikanerinnen, die an diesem Abend im Club der Auslandskorrespondenten von Phnom Penh seine Begleiterinnen waren, prosteten dem französischen, leicht angeheiterten Abenteurer mit den strahlenden Augen zu. Sie hatten ihn an diesem Vormittag kennengelernt, als sie durch den imposanten Kaiserpalast spazierten. Labastide hatte die beiden schon von weitem gewittert, wie ein erfahrener Windhund, der weiß, wo er seine Knochen herkriegt. Die leg ich heute Nacht flach, hatte er sich gesagt und sofort sein Standardrepertoire an Lächeln und Verführungskünsten zum Einsatz gebracht.

Nur wenige Stunden später, als die Hitze und die Feuchtigkeit etwas nachgelassen hatten und die Sonne einer violetten Abenddämmerung gewichen war, saßen die beiden reichen Amerikanerinnen mit ihm auf der Terrasse des Clubs der Auslandskorrespondenten und blickten ihn voller Begierde an.

Die Musik im Hintergrund versetzte sie in die zwanziger Jahre zurück, und der Rum aus den Kombinaten tat effizient und beharrlich seine Wirkung. Wendy und Margie redeten mehr, als sie sich je hätten vorstellen können; jegliche Vorsicht war nach dem zweiten Glas ad acta gelegt.

»Oje, mir wird gerade so heiß …«

»Das ist das Klima hier, meine Liebe, es ist einfach unerträglich.«

»Aber Sie sind noch ganz frisch, Labastide, wie machen Sie das nur?«

»Nun ja, wissen Sie, das ist eigentlich noch gar nichts, zumindest verglichen mit der Hitze im Tal von Hadramaut im Jemen. Das war richtig hart. Habe ich Ihnen die Geschichte noch nicht erzählt, als wir mitten in der Wüste eine Autopanne hatten und eine Woche praktisch ohne Wasser und Essen ausharren mussten, bis uns ein Hubschrauber der amerikanischen Luftwaffe gerettet hat? Habe ich das wirklich noch nicht erzählt? Ach, meine *beautiful ladies*, diese Geschichte müssen Sie sich noch anhören.«

Die Augen der Damen leuchteten in der untergehenden Sonne, die Wimperntusche war bereits verschmiert. Labastide, frisch rasiert und nach teurem Rasierwasser duftend, legte mit der Geschicklichkeit des Hütchenspielers seine gefährlichen Abenteuer in der jemenitischen Wüste dar.

»Am schlimmsten waren die Nächte, Margie, wenn es schlagartig kalt wurde und die Hyänen uns heulend umkreisten.«

»Mein Gott, Bruno, das muss ja schrecklich gewesen sein für Sie«, sagte Wendy und führte das Glas an ihre Lippen.

»So schrecklich war es auch wieder nicht, meine Liebe, schlimmer war es in Sierra Leone, als der Krieg der Fliegen ausbrach, da dachte ich wirklich, ich würde es nicht überleben.«

»Der Krieg der Fliegen? Von dem habe ich ja noch nie gehört«, sagte Margie.

»Ihr habt nie was vom Krieg der Fliegen gehört? Das kann nicht sein, meine *beautiful angels*, das holen wir jetzt auf der Stelle nach.«

Labastide machte eine theatralische Pause, nahm einen Schluck, räusperte sich und erzählte schließlich mit einem schüchternen Lächeln, das Bescheidenheit ausdrücken sollte und seine hübschen Augen und Grübchen in den Wangen zur Geltung brachte, eines seiner tausend erfundenen Abenteuer.

»Ich war also gerade in Freetown in Liberia unterwegs, im Gefolge einer UN-Mission, als in Sierra Leone der Krieg der

Fliegen ausbrach. Da es das Nachbarland war, beschloss ich natürlich sofort, eine Reportage darüber zu schreiben. Ihr werdet es nicht glauben, aber meiner Zeitschrift gefiel die Idee gar nicht, ihr wisst schon: Bruno, das ist zu gefährlich, unsere Regierung kann deine Sicherheit nicht gewährleisten, und all der Kram, aber was soll's, ein wahrer Journalist denkt nicht an die Gefahr. Wo es Nachrichten gibt, da geht er hin, das haben wir einfach im Blut, und schließlich lernt man ja auch, mit der Gefahr umzugehen, es ist, als würdest du mit ihr ins Bett gehen, und da wir schon bei dem Thema sind, meine Süßen: Habe ich euch eigentlich schon gesagt, dass ihr zwei Prachtweiber seid? Bedienung, noch eine Runde!

Das Boot nach Siem Reap ging in aller Herrgottsfrühe, kurz nach Sonnenaufgang. Margie und Wendy saßen im Schatten, in einer Hafenbar.

»Wir hätten gern einen Kaffee, bitte!«, rief Wendy.

Ihre Münder fühlten sich klebrig an, und der Kopf schmerzte, als hätte ihnen jemand einen Nagel ins Hirn geschlagen. Sie sahen einander kaum an, ein halbes Jahrhundert der Freundschaft, ein halbes Jahrhundert der Vertraulichkeiten, der geteilten Freuden, der Geheimnisse, ein halbes Jahrhundert, in dem sie sich gegenseitig gedeckt hatten, wenn sie ihre langweiligen Männer betrogen, stets mit dem perfekten Alibi; die Taufen ihrer Sprösslinge, die Geburt des ersten Enkels, gemeinsame Weihnachtsfeiern der beiden Familien im Landhaus. Und nun saßen sie dort im Schatten einer schmuddeligen Wellblechhütte am Bootsanleger, hatten einen unglaublichen Kater und schämten sich sehr; Margie und Wendy, die beiden Freundinnen, großartig und unzertrennlich, die sich eine gemeinsame Abenteuerreise in den Fernen Osten geschenkt hatten, um ihre fünfzigjährige unzertrennliche Freundschaft zu feiern, die in der ersten Klasse des Gymnasiums begann. Jetzt konnten sie sich nicht mehr in die Augen sehen und über das reden, was sie am Abend zuvor erlebt hatten.

Zur selben Zeit fuhr Bruno Labastide mit dem Auto Richtung Süden. Er hatte für ein paar Dollar einen kambodschanischen Fahrer angeheuert, der ihn zu den Stränden der Andamanensee bringen würde. Eine schnurgerade Straße, unendlich gerade, gesäumt von riesigen Reisfeldern, die noch Hunderte von Tretminen bargen, Überbleibsel der Jahre des Terrors.

Gut gelaunt ließ er sich von der frischen Morgenbrise liebkosen, während er an kleinen Dörfern entlang auf der frischgeteerten Landstraße fuhr, die vor nicht allzu langer Zeit noch eine Sandpiste gewesen war, wo man das Vieh vor sich hertrieb.

Aus dem Autoradio ertönte eine schrille, vermeintlich fröhliche Musik, eine einheimische Gruppe, die zur Lieblingsband der Jugend geworden war.

»Was singen sie?«, fragte Bruno den Fahrer.

»*I love you.*«

»Wie bitte?«

»*I love you*, sie singen *I love you*«, antwortete der Fahrer.

»Mehr nicht? Singen sie die ganze Zeit dasselbe?«

»Was braucht man mehr? Das ist doch schön.« Und er begann, lautstark mitzusingen.

Labastide freute sich darauf, sich an einem einsamen Strand zu erholen und in den warmen Meerwassern Südostasiens zu baden. Er war ausnahmsweise einmal ehrlich, wenn er sagte, dass dies gerade das Einzige sei, wonach er strebte. Sollte ihm allerdings eine Frau über den Weg laufen, die die Kriterien des perfekten Opfers erfüllte, würde er sie auch nicht verschmähen.

Wendy und Margie ihrerseits fuhren schweigend den Fluss hinunter, ohne auch nur ein einziges Wort miteinander zu wechseln. Sie hatten einen Sitzplatz am Heck gefunden, im Schatten einer großen Plane, die sie vor der nunmehr heftig herabbrennenden Sonne schützte. Das Motorengeräusch war dort lauter, weshalb man keine Unterhaltung führen konnte. Und genau das suchten die beiden.

Erst ein paar Tage später, als sie von einem ausgiebigen Besuch der Ruinen von Angkor zurückkehrten, wagten sie es, den Vorfall anzusprechen, wenngleich eher unbeabsichtigt. Im Hotel hatte man ihnen empfohlen, im Club der Auslandskorrespondenten zu Abend zu essen, einem Ableger des sagenumwobenen Lokals von Phnom Penh.

»Und wie sagenumwoben!«, erwiderte Margie.

Wendy fing zu lachen an; anfangs nur zaghaft, dann jedoch ausgelassener, und ihr Lachanfall steckte die Freundin an, während der junge Concierge verdattert und verlegen dastand und nicht verstand, was los war.

»Dort Essen sehr gut«, stammelte er und errötete, ohne genau zu wissen, weshalb.

Die beiden Freundinnen quittierten den unschuldigen Kommentar mit einem weiteren Lachanfall. Sie bedankten sich bei dem jungen Mann für seine Empfehlung und gingen hinaus, um einen Spaziergang durch die Straßen des Zentrums zu machen.

Margie erwähnte ihrer Freundin gegenüber niemals, dass einige ihre wertvollsten Edelsteine verschwunden waren, und diese wiederum erzählte der anderen nie, dass die siebentausend Dollar in Hunderterscheinen fehlten, die sie in ihrer Dokumentenmappe stets für Notfälle bereithielt. Wahrscheinlich betrachteten sie es als offenes Geheimnis, doch sprachen sie weder untereinander noch mit jemand anderem darüber; der nächtliche Vorfall von Phnom Penh sollte für immer zwischen den vier Wänden eines Hotelzimmers begraben werden.

Der Monsunregen hatte allerlei Gegenstände an den Strand geschwemmt – Holzstücke, Plastiksitze, Steine, Äste und sonstigen Kram. Labastide betrachtete von der Veranda seines schmuddeligen Bungalows aus den ungeheuren Wasservorhang. Das war für ihn immer schon ein faszinierendes Schauspiel gewesen: Wasser, das wie ein Sturzbach vom Himmel herabrauscht, aus dem Nichts, als hätte ein verantwortungsloser Nachbar dort oben die Wasserhähne nicht zugedreht.

Als der Sturm vorbei war – denn alle Stürme ebben früher oder später ab, dachte Labastide und hatte dabei sein eigenes Leben im Sinn –, verließ er das Haus und machte einen Strandspaziergang. Die Wellen räkelten sich träge und ließen sich anschließend gleichgültig in den Sand fallen. Sonst gab es nichts: keine Menschen, keine Bars, keine weiteren Hotels, nichts. Bruno lechzte nach einem kühlen Bier. Zu rauchen hatte er auch nichts mehr, aber es wäre sicher schwierig, an diesem verlassenen Strand Marihuana aufzutreiben.

Er schlug einen der ersten Wege landeinwärts ein. Es war bereits dunkel, und Familien bereiteten im Freien ihr Abendessen zu, umgeben von barfüßigen Kindern im Pyjama, Fernsehergeräuschen und verlausten Hunden, die etwas zu fressen suchten. Labastide spazierte durch die Gässchen und genoss die Heiterkeit der Kinder und den Duft nach gewürztem Reis, der sich mit dem durchdringenden Geruch nach feuchter Erde vermischte, der seit dem Sturm vorherrschte.

Er kehrte zurück an den Strand und wanderte, die Hände in den Hosentaschen, ziellos weiter. Unter seinen Füßen spürte er den feinen Sand. Schließlich erblickte er in der Ferne ein paar Lichter. Wenn er genau hinhörte, vernahm er auch das leise Geräusch von Musik. Na also!, rief er aus.

Von der Musik und dem flackernden Licht angezogen, läuft Labastide wie eine verzauberte, zu Flötenklängen tanzende Schlange immer schneller in Richtung Bar. Es ist eine kleine Holzbarracke, vier Bretterwände, die am Strand hochgezogen wurden, die aber einen Schatz beherbergen: Bier, Whisky, Rum und andere, weniger leicht zu identifizierende Spirituosen.

Um diese Uhrzeit sind nur wenige Gäste da. Es ist diese merkwürdige Stunde zwischen dem quirligen Strandleben des Tages und der hereinbrechenden Nacht, in der alle Katzen grau sind. Labastide setzt sich auf einen Hocker, der aus ein paar Pflöcken und einer Holzplatte roh zusammengezimmert ist, stützt die Ellbogen auf die Theke und wartet, dass ein Kellner oder sonst jemand kommt, um ihn zu bedienen. Während er wartet, sieht er sich um; zwei dicke Alte plaudern mit zwei Mädchen, die bestimmt noch keine zwölf sind, ein Junge, dem die Beine fehlen, schleppt sich in eine Ecke und zählt die Münzen, die er erbettelt hat, ein Hippie mit langen Haaren und grauem Bart raucht in der Ecke seinen Joint. Labastides Magen revoltiert, er spürt ein Stechen in den Rippen, doch das kann auch von der Müdigkeit herrühren. Wenn er an die letzte Nacht denkt, muss er unweigerlich lächeln, schließlich war die Ausbeute nicht schlecht, genug, um seine Asienreise um ein paar Wochen zu verlängern. Außerdem hat er das Gefühl, dass diese Juwelen von bester Qualität sind; dafür erhält man auf dem

Schwarzmarkt von Shanghai bestimmt einen ordentlichen Batzen Geld.

Und das gilt es zu feiern.

»Was wollen Sie?«

Der barsche Ton lässt ihn zusammenzucken. Eine versoffene Stimme, nicht sehr freundlich, wiederholt die Frage.

»Was Sie wollen, will ich wissen.«

»Ein sehr kaltes Bier bitte«, stammelt Bruno schließlich.

Der Gastwirt ist ein kleiner Typ, dick und kahlköpfig, das Gesicht voller Warzen. Er bringt ihm das Bier, unlustig und mit einer gewissen Verächtlichkeit. Bruno trinkt mit einer solchen Gier, dass nach dem ersten Schluck fast die halbe Flasche leer ist. Der Wirt sieht ihn immer noch verächtlich an, die schlaffen Lider unter den großen Froschaugen sind geschwollen.

»Hatte ich einen Durst!«, rechtfertigt sich Labastide und setzt sein schönstes Lächeln auf, bei dem die Grübchen auf seinen Wangen erscheinen.

Der andere sagt nichts. Er dreht sich um und wechselt die Musik. Es ist nun vollkommen dunkel, der Regen ist einer sternenklaren Nacht gewichen. Die farbigen Lichter der Bar spiegeln sich im Meer, das fast an der Tür der Baracke leckt.

Zwei weitere Verstümmelte kommen herein. Dem einen fehlen die Arme, und er kann kaum laufen. Dem anderen, einem jungen Kerl um die zwanzig, fehlt der halbe Körper. Bestimmt ist er im falschen Augenblick auf eine Mine getreten, denkt Labastide.

Sie betteln um ein paar Münzen, doch niemand gibt ihnen etwas. Die beiden dicken Alten betatschen ungeniert und unflätig die beiden Mädchen, während der Hippie weiterraucht und in anderen Sphären weilt.

»Das ist ja widerwärtig«, sagt Labastide.

Der Wirt mit den Froschaugen und den schlaffen Lidern sieht ihn verdutzt an.

»Geben Sie mir noch ein Bier, bitte«, sagt Labastide.

»Haben Sie nicht gesagt, das sei ja widerwärtig?«, fragt der Wirt trocken.

Labastide schlüpft in seine Lieblingsrolle, setzt erneut sein Grübchenlächeln auf und reicht dem anderen die Hand.

»Verzeihen Sie, ich habe mich noch gar nicht vorgestellt. Ich heiße Bruno Labastide. Ich wollte Sie nicht beleidigen, aber diese Typen, die Mädchen betatschen, widern mich an, das ist für mich die niedrigste Stufe, auf die ein Mensch gelangen kann.«

Der Wirt sieht ihn gleichgültig an. Statt ihm die Hand zu reichen, gibt er ihm ein weiteres Bier.

»Carasapo.«

»Wie bitte?«, fragt Labastide überrascht und verschluckt sich an seinem Bier.

»Carasapo«, wiederholt der Wirt, »ich heiße Carasapo.«

Labastide wischt sich den Bierschaum von der Oberlippe.

»Ist das ein Name oder ein Motorrad?«

»Was meinst du wohl, du Arschloch?«

Zwei Biere später ist die Unterhaltung hitziger geworden. Labastide weiß inzwischen, dass Carasapo Spanier ist, dass er seit zwanzig Jahren in Kambodscha lebt, dass es Dinge in seiner Vergangenheit gibt, die er nicht erzählen will, dass seine kalte Krötenhaut in tausend Schlachten gegerbt wurde und dass er zu den Typen zählt, die, sollte das Drehbuch es verlangen, nicht zögern würden, dir mit der Machete den Schädel zu spalten, als wäre er eine Melone.

Zudem ist er ein Mensch ohne jede Moral, der über niemanden urteilt, weder über den Päderasten noch über den Krüppel, und auch nicht über den Kiffer, der über dem Tisch eingeschlafen ist.

»Und weil ich nie urteile, urteile ich auch nicht über dich, du Grünschnabel«, sagt er zu Labastide. »Wir spielen alle mit den Gefühlen anderer, wenn es uns in den Kram passt und es uns was einbringt. Es gibt keine Regeln außer diesem verfluchten Egoismus, du kleiner mieser Franzose, du. Vergnügen, Macht, Geld, nur das zählt in dieser Scheißwelt. Ein verdammtes Lotteriespiel ist das, in dem einige ihren Fuß auf die falsche Stelle setzen, und paff!, haut es ihnen die Beine weg, in dem abstoßend hässliche Menschen hierherkommen und sich kleine Mädchen holen müssen, weil sie in ihrem Land verachtet und beleidigt werden, in dem die Rumtreiber ihre Joints rauchen, ohne dass die Polizei sie verhaftet, dieselbe korrupte Polizei, die bei großen Schmuggelgeschäften wegsieht und den kleinen Dummen festnimmt, den die Mafia ihnen opfert, in dem Grünschnäbel wie du, die nur vorübergehend hier sind, rauchen, trinken und exotische Abenteuer erleben wollen, um später bei ihren provinziellen Freunden auf dem Land und den Weibern damit anzugeben, als wäre es schon ein hollywoodreifes Abenteuer, in Carasapos Bar ein Bier zu trinken. Du widerst mich ziemlich an, Junge, damit du es weißt.«

Labastide kann gut einstecken, ungerührt nimmt er die Beschimpfungen hin. Nicht dass er ein mutiger Mann wäre, im Gegenteil, er lässt sie deshalb über sich ergehen, weil er seinen Gegner nicht noch mehr aufbringen will. Seine einzigen Waffen sind das Lächeln und die Verführung, obwohl die Grübchen, in die sich so manche verlieben, nichts anderes sind als die Kerben seiner Feigheit.

Doch an diesem Abend haben ihn der Alkohol und das Gras stark gemacht.

»Du bist ein Vollidiot, Carasapo, ein widerwärtiger Egozentriker, ohne Prinzipien und Moral, Ethik oder sonst was, ein echter *Loser,* Abschaum der Gesellschaft, ein Krebsgeschwür der Menschheit. Typen wie du machen diese Welt zu einem hässlichen und ungerechten Ort, deine Gleichgültigkeit ist nichts weiter als eine Komplizenschaft mit dem Bösen, verflucht, wie widerwärtig sind diese beiden Arschlöcher, die da bei den Mädchen sitzen!«

»Du hast sie vor deiner Nase, geh hin und sag es ihnen«, sagt Carasapo, ungerührt wie eine Sphinx. »Geh hin und sag ihnen, dass sie die Scheiße der Gesellschaft sind und du der edelste Mensch auf Erden. Los, und ganz nebenbei verpasst du ihnen noch zwei Backpfeifen, du kleiner, mieser Franzose, du.«

Labastide wird rot vor Wut. Er betrachtet die beiden Alten und schätzt seine Kräfte ein. Nichts zu machen. Sie würden ihm gleich beim ersten Vorstoß die Zähne ausschlagen. Die Wut weicht dem Überlebensinstinkt, und darauf folgt der Stolz. Ja, der Stolz, und deshalb erhebt er sich würdevoll wie der arrogante Kellner einer Brasserie in einem Pariser Touristenviertel, bezahlt die Zeche und wirft Carasapo zum Schluss noch hin:

»*Monsieur,* ich kann Ihnen nur sagen, dass Ihr Lokal ein abscheulicher Ort ist. Ich werde nie wieder einen Fuß in diese Höhle von Degenerierten und Zynikern setzen. Guten Abend.«

Labastide dreht sich um und geht. Carasapo kratzt sich am Sack.

Als er an seinem Bungalow ankam, war es bereits nach Mitternacht. Im Innenraum war es unglaublich stickig, und während er im schwachen Licht einer Laterne auf dem Bett lag, musste er an den Menschen denken, der diese Wellblechhütte gebaut hatte. Er stand auf und öffnete das Fenster, doch das verschlimmerte die Lage noch. Zwar wehte nun eine laue Brise, und er hörte das Geräusch der Wellen, wurde dafür aber von einer Legion Moskitos heimgesucht, die ihn peinigten. Da er es satthatte, sich schlaflos im Bett zu wälzen, mit einem vom Alkohol und der Erinnerung an die Unterhaltung in der Kneipe benommenen Kopf, beschloss er, aufzustehen und schwimmen zu gehen.

Ein großzügiger Halbmond hüllte die drei Zimmer in weiches Licht, färbte die ruhige Wasseroberfläche silbern; warmes Wasser, sanft und einladend wie jenes, das er einige Zeit später zu den Klängen von Bachs *Suite Nr. II* in einer Badewanne im Venediger Stadtteil Dorsoduro genießen würde, die Beine verschlungen mit denen einer Frau und ihre Küsse so süß und feucht, ob vom Wasser oder vom Schweiß, das ließ sich schwer sagen: das absolute Glück.

Doch Labastide, der dort im Chinesischen Meer gemütlich im Mondlicht schwamm, wusste noch nicht, dass er erst einmal in den Armen der Einsamkeit schwimmen würde.

Er stieg aus dem Wasser und verharrte reglos auf dem Sand, damit der Wind seinen Körper trocknen konnte. Es war niemand in der Nähe, nur in der Ferne waren Lachen und das gedämpfte Geräusch einer freundschaftlichen Unterhaltung zu hören. Die anderen Bungalows lagen im Dunkeln da, ein Hund bellte, die Grillen zirpten, und die Palmblätter raschelten sanft im Wind. Das war alles. Mehr brauchte er auch nicht. Noch leicht feucht warf er sich aufs Bett, schloss die Fenster, löschte das Licht und schlief mit einem Lächeln auf den Lippen ein.

Was wohl meine schönen Damen gerade machen?, fragte er sich noch.

Margie kam kaum aus dem Sessel hoch, in dem sie gerade einen Milchshake mit exotischen Früchten zu sich genommen hatte.

»Das ist die Arthritis, meine Liebe, das Klima hier bringt mich noch um.«

»Das ist das Alter«, antwortete Wendy, »du bist einfach nicht mehr die Jüngste, und wir sind den ganzen Tag auf den Beinen und sehen uns Tempel und Sehenswürdigkeiten an.«

»Du nennst mich alt? Dabei bist du doch selber nur drei Monate jünger als ich.«

Ihre Blicke kreuzten sich, und sie fingen zu lachen an. Da war sie wieder, diese ungestüme Komplizenschaft, die nach der verrückten Nacht von Phnom Penh fast auf der Strecke geblieben wäre.

»Nett war er, der Dreckskerl.«

Mehr brauchte man nicht zu sagen, sie wussten beide, um wen es ging.

»Ja, das stimmt«, bekräftigte Margie, »und außerdem supergut.«

Sie kicherten erneut wie Gymnasiastinnen und fanden

so nach und nach zu ihrem Humor und ihrer Vergnügungssucht zurück, denn schließlich hatte wohl noch nie jemand so große Lust empfunden, während er gerade beklaut wurde.

Vier Tage später standen unsere beiden amerikanischen Freundinnen, braun gebrannt und strahlend, geduldig in der Abfertigungsschlange des Bangkoker Flughafens. Ihre Reise war zu Ende. Nun stand wieder die häusliche Routine an, das Kuchenbacken, das sonntägliche Tischdecken, während ihre Männer die Grillkohle entfachten, die Vorbereitung des Truthahns für Thanksgiving, das Einkaufen der Weihnachtsgeschenke, das Mitansehen, wie die Enkel groß wurden, der absurde Kampf gegen die Falten und der sonntägliche Kirchgang.

Zeitgleich zogen sich ihre Männer, die Gehörnten, wie Labastide sie in der besagten Nacht genannt hatte, zu einer Sitzung des Krisenkabinetts zurück, in tadellos gebügelten grünen Uniformen, bestückt mit Medaillen aus Alteisen. Die internationale Gemeinschaft kann dieses provozierende Vorgehen nicht länger tolerieren … die Demokratie muss sich durchsetzen … unsere Werte müssen Gültigkeit erlangen … Und während die Gehörnten den Tod verordneten, flogen Margie und Wendy zurück nach Hause, und Bruno, unser Bruno Labastide, marschierte am Strand entlang zur Bar von Carasapo. Und die Welt kreiste ungerührt weiter und verteilte ihre Glückslose.

»Du scheinst nicht sehr überrascht zu sein, mich wiederzusehen«, sagte Labastide.

Carasapo hatte ihm ein eiskaltes Bier auf die Theke gestellt, daneben ein Beutelchen mit fünfzig Gramm Marihuana.

»Ich wusste, dass du wiederkommst. Ihr seid doch alle

gleich, viel Gequatsche, viel Empörung, aber am Ende kommt ihr alle zurück in die Bar von Carasapo, einer nach dem anderen, ohne Ausnahme. Und soll ich dir sagen, warum? Weil eure Laster stärker sind als eure Prinzipien und weil diese Bar der einzige Ort im Umkreis von dreißig Kilometern ist, wo man ein eiskaltes Bier, nicht gepanschten Whisky, gutes Gras, ein paar gute Nutten oder einen jungen Stricher findet.«

Diese Antwort hatte Labastide nicht erwartet.

»Du willst doch nicht ernsthaft meine Laster mit denen von diesen degenerierten Arschlöchern vergleichen. Was trinken oder einen Joint rauchen kann doch wohl für dich nicht das Gleiche sein, wie junge Mädchen zu vernaschen?«

»Das ist dein Wertesystem; jeder hat sein eigenes, und es ist nicht unbedingt besser oder schlechter als das des Nachbarn. Hier kommen viele Leute durch, und alle haben sie ihre eigene Wahrheit.«

»Und was ist deine Wahrheit? Hast du Werte?«

Carasapo lächelte unflätig.

»Ich habe nur eine Bar.«

Als der vierte Tag anbrach, dachte Labastide, dass es nun genug sei mit Strand und Ausruhen; das friedliche Leben am Meer begann ihn zu langweilen. Er holte die gestohlenen Juwelen aus dem Täschchen, in das er sie gepackt hatte, und betrachtete sie noch einmal in dem Licht, das durchs Fenster fiel. Sie waren zweifellos von guter Qualität, ordentlich gearbeitetes, hochkarätiges Gold, ein kleiner Diamant, ein faszinierender Smaragd, in eine Halskette gefasst, und ein Ring mit einem ordentlichen Klunker, so rot wie Blut, ein Rubin, das Blut der Erde.

Er berechnete im Geiste, was ihm diese Ware einbringen würde; genug jedenfalls, um eine gute Weile wie ein König zu leben oder in seine Kindheit, ins Dorf seiner Eltern zurückzukehren, ehe er nach Paris ginge, um dort sein Glück zu versuchen. Er könnte ein kleines Geschäft aufmachen, einen Lebensmittelladen oder einen Nachtclub, man würde sehen.

Doch vorher musste er die Juwelen verkaufen und möglichst viel Profit herausschlagen. Er hoffte, dass die amerikanischen Damen den Diebstahl nicht angezeigt hätten. Sein Gefühl sagte ihm – schließlich mangelte es ihm ja nicht an Erfahrung –, dass die Scham und die Angst vor dem Skandal schwerer wogen als der Ärger und der ökonomische Verlust, aber verlassen konnte er sich darauf nicht. Deshalb war es wohl am besten, so schnell und unauffällig wie möglich zu verschwinden, einen guten Hehler auf dem Schwarzmarkt zu suchen und die Ringe, Ohrringe und Halsketten gegen ein ordentliches Bündel Dollars einzutauschen, gegen diese grünen länglichen Scheinchen, für die man wundersamerweise alles bekam, was man sich vorstellen konnte.

Vor einiger Zeit hatte ihm jemand von einem Chinesen erzählt, der gut bezahlte und keine Fragen stellte. Er empfing einen, untersuchte die Ware, schätzte ihren Wert und legte das Geld auf den Tisch. Fertig, aus. Kein Feilschen, kein Smalltalk, kein Lächeln, kein Lachen; das geb ich dir, entweder du nimmst es oder du lässt es, aber wenn du es nicht sofort nimmst, dann verschwinde und komm nie wieder. Dafür, so hieß es, sei er ausgesprochen großzügig.

Labastide war vor acht Jahren schon einmal in Shanghai gewesen, doch als er nun, nach einem angenehmen Flug, dort landete, erkannte er nichts wieder. Der Flughafen war ein ultramodernes Monstrum aus Stahl und Glas, die Autobahnen hatten sich endlos vermehrt und wirkten wie Schlangen, die einem Zirkus entflohen waren. In Pudong, auf der anderen Seite des Flusses, wo früher nichts gewesen war, ragten nun riesige Türme in unvorstellbaren Formen in die Höhe, bestückt mit Neonlichtern in allen Farben. The Bund zumindest war immer noch The Bund, mit seinen Kolonialbauten, seiner Uferpromenade entlang des Flusses und seiner verruchten Schmugglerseele.

Er nahm sich ein Zimmer in einem unauffälligen, billigen kleinen Hotel, einem schmuddeligen Gästehaus, das bis oben hin voll war mit Arbeitern vom Land, die die ungeheure Nachfrage im Baugeschäft ausnutzen wollten: kleine Chinesen, die sich nach endlos langen Arbeitstagen auf Baustellen für irgendwelche Wolkenkratzer zum Schlafen in die dunklen Ecken der Flure verdrückten.

Man atmete noch das Aroma des Verbotenen ein, der gaunerhaften Vergangenheit dieser Stadt der Schmuggler und Prostituierten. Labastide gefiel es, sich selbst als Protagonist eines Abenteuerromans zu sehen, und tatsächlich verfolgte er seit seiner Kindheit nichts anderes, als sich eine aufregendere und interessantere Existenz zu schaffen als jene, die das Schicksal ihm zugedacht hatte.

Er duschte sich ausgiebig und verbrauchte dabei das Wasser, das seinen Zimmernachbarn hinterher fehlen würde. Dann wickelte er die Juwelen aus, bewunderte sie ein weiteres Mal, versuchte, ein wenig zu schlafen, tat aber kein Auge zu, weshalb er schließlich beschloss, das Hotel zu verlassen und einen Spaziergang entlang der Uferpromenade zu machen. Die Ware nahm er mit, sicher verstaut in einem kleinen Rucksack.

Vor dem Glockenturm des Zollamts blieb er wie hypnotisiert stehen und starrte auf die andere Seite des Flusses, auf die Wolkenkratzer von Pudong.

Er betrat eine Bar, verlangte ein eiskaltes Bier und bekam eine gelbliche, warme Flüssigkeit und dazu ein Schälchen mit Eiswürfeln. Labastide verfluchte die Kellnerin – leise und auf Französisch, schließlich dürfen wir nicht vergessen, dass Labastide feige war – und trank die eklige Brühe. Hauptsache, sie beruhigte seine Nerven. Alle fünf Minuten blickte er nervös auf die Uhr, als würde die Zeit schneller vergehen, wenn er sie ständig im Blick behielt. Der chinesische Hehler erwartete ihn an einem Ort in der Nähe von The Bund, doch die Anweisungen waren klar: Nicht vor dem Termin erscheinen und niemanden mitbringen.

Labastide dachte sich, dass er an diesem Abend einen Freund gebrauchen könnte, oder eine Freundin, aber auf beides hatte er seit vielen Jahren zugunsten eines trügerischen nomadischen Abenteurerlebens verzichtet.

»Ich sammle Erinnerungen, um sie im Alter mit jemandem teilen zu können«, hatte er Wendy in der besagten Nacht ins Ohr geflüstert, und dieses überraschend ehrliche Geständnis hatte die Amerikanerin ungemein erregt.

Die Adresse des chinesischen Hehlers führte ihn in eine dunkle, nur von einer Laterne beleuchtete Gasse. Es roch nach Urin, und an einer Ecke kratzte sich ein abgemagerter Hund seine Flohstiche. Kinder im Schlafanzug liefen zwischen großen Suppentöpfen umher, in denen Zutaten schwammen, die Labastide lieber nicht so genau untersuchte.

Er klopfte an, zunächst vorsichtig, doch als niemand reagierte, beschloss er, lauter zu klopfen. Nach einer Weile, die ihm endlos vorkam, erschien ein hässlicher, dicker Chinese im Türrahmen. Auf seiner Stirn prangte ein riesiges, unansehnliches Muttermal, aus dem wie die Borsten einer harten Bürste zwei lange schwarze Haare sprossen.

Labastide fragte nach dem Hehler. Der Chinese reagierte nicht. Es entstand die absurde Situation, dass ein junger, hübscher Franzose vor einem jungen, hässlichen Chinesen steht und sie nicht wissen, was sie sagen sollen, weil sie die jeweils andere Sprache nicht verstehen. Labastide lächelte freundlich, mit den sagenumwobenen Grübchen in den Wangen. Mit schnellem Griff holte er ein paar Edelsteine aus dem Rucksack, ein kurzes goldenes Aufflackern nur, doch genug, um dem Chinesen die Absicht seines Besuchs zu verdeutlichen. Und diese einfache Geste war wie ein Sesam-öffne-dich. Die bis dahin noch halbgeschlossene Tür öffnete sich weit, und als sie sich hinter ihm schloss, blieb der Straßenlärm zurück wie Freundschaften, in die man nicht investiert hat, wie ein fernes Echo, das schließlich verlöscht, wie ein stummes Geräusch, wie taube Ohren.

Seine Augen, diese schönen blauen Augen des Franzosen, röteten sich von dem Qualm im Inneren des Hauses. Hinter der Eingangstür erwartete ihn eine breite Treppe in den Keller, ein roter Samtvorhang, Hitze, Feuchtigkeit und eine kleine Heerschar berauschter Männer, die sich auf riesigen Kissen fläzten. Dazwischen eine Handvoll junger Chinesinnen in rot-blauen Seidenkitteln. Sie hatten kaum Hüften und Brüste, und Labastide musste unweigerlich an seine wilden Nächte in Maracaibo vor ein paar Jahren denken, an die runden Brüste, die salzige dunkle Haut, an das Auf und Ab der Hüften zum Rhythmus der Musik.

Im hinteren Teil des Raums stand eine lange Theke, entlang derer in perfekter Geometrie ein paar schmuddelige Hocker aufgereiht waren, als wollten sie die martialische Disziplin der Terrakotta-Armee nachahmen. Labastide setzte sich auf einen davon und zündete sich eine Zigarette an. Sein Blick fiel auf ein riesiges Bild mit einer idyllischen Landschaft und einem Pandabären, der gerade ein Bambusrohr fraß. Direkt unter dem Bild saß ein Mann, der noch zufriedener wirkte als der Pandabär, weil er gerade an einer Opiumpfeife nuckelte. Er trug eine schwarze Hose und ein weißes Hemd, und Labastide lächelte angesichts dieser beiden Pandas.

Diese Narrheit kam ihm zugute, denn während er so in sich hineinschmunzelte, wurde er von einer kleinen alten Frau beobachtet. Sie dachte sich vermutlich, dieser Mann könne nicht ganz dicht sein, doch kurioserweise hatte das zur Folge, dass er in ihrer Achtung stieg.

»Monsieur Labastide?«, fragte die Chinesin in rudimentärem Französisch.

»Ja«, sagte der hübsche Abenteurer. Und er schenkte ihr instinktiv sein einnehmendes Lächeln.

Doch diesmal funktionierte es nicht. Die zwergenhafte Alte runzelte die Stirn, brummte etwas in ihrer Sprache, das Labastide natürlich nicht verstand, drehte sich um und bedeutete ihm, ihr zu folgen. Sie versetzte dem Pandabären – dem, der auf dem Boden Opium rauchte, nicht dem, der auf dem Bild Bambus fraß – einen Tritt, damit er sie durchließ, und trat ihm voran in einen schmalen, muffig riechenden Flur, schloss eine Tür auf und setzte sich in einen riesigen Rattansessel. Als Labastide sie dort sitzen sah, alt und hinfällig und doch wie eine Königin auf ihrem Thron, musste er an die erotischen Filme denken, die er sich in seiner Jugend heimlich in den Pariser Vorstadtkinos angesehen hatte, wenn er aus seinem Dorf geflüchtet war, um etwas von der Welt mitzubekommen. Und er dachte daran, wie die Zeit verging, was das Alter anrichtete und wie traurig doch der Zerfall war.

Er blickte die alte Frau lange an, neugierig, ohne ein Wort zu sagen. Irgendetwas an ihr war merkwürdig, und es waren nicht nur ihr buckliger Körper und die Falten. Es dauerte eine Weile, bis er erkannte, was an ihrer Erscheinung so merkwürdig war: Die alte Frau trug ein Monokel. Das zweite Auge wirkte wie der Eingang zu einer mit Wasser überfluteten Höhle. Es waren die reinsten Wasserfälle.

Ein Augenblick gewaltsamer Stille entstand. Labastide saß vor diesem Rattan-Thron, in dem eine hundertjährige Emmanuelle ihn durch ihr Monokel und den Qualm der Pfeife, die sie sich gerade angesteckt hatte, ansah. Eine »Bent«, dachte der Franzose, der die Unterschiede zwischen Bent- und Billard-Pfeifen gelernt hatte, um sich bei den Damen der besseren Gesellschaft interessant zu machen. »Ich bin verrückt nach Männern, die Pfeife rauchen«, hatte ihm vor ein paar Monaten eine fünfzigjährige begüterte Dame in der Bar des Raffles in Singapur gesagt, und seitdem hatte er in seinem Koffer stets ein paar Plastikschachteln mit diesen Requisiten dabei.

»Was hast du für mich?«, fragte die Chinesin.

Nervös öffnete Labastide seinen Rucksack und holte eine Handvoll Edelsteine hervor.

»Wann kommt der Hehler?«, fragte er in stammelndem Französisch.

»Der Hehler bin ich«, unterbrach ihn die Chinesin schneidend.

»Aber … man hat mir gesagt, dass …«

»Ich bin Madame Chang, und die Geschäfte hier werden mit mir gemacht oder gar nicht.«

Labastide errötete wie ein Bengel, der bei einem Streich erwischt wurde.

»Entschuldigen Sie, aber ich dachte, Sie seien ein Mann«, sagte er absurderweise.

Madame Chang zog ausgiebig an ihrer Pfeife, rückte ihr Monokel zurecht, lächelte mit zahnlosem Mund und sprach mit einer Stimme, die vom Rauch und ihrem Lachen erstickt wurde:

»Das glauben alle, mein Junge, das glauben alle. Deswegen bin ich auch noch am Leben.«

Der Gegenstand, der sie am meisten zu interessieren schien, war der Ring mit dem roten Klunker, dem Rubin, Blut der Erde. Den restlichen Goldschmuck hielt sie ins Licht, biss hinein – sie beißt ohne Zähne, dachte Labastide besorgt – und legte ihn zum Auswiegen auf eine Waage. Doch den roten Klunker behielt sie in der Hand und betrachtete ihn mit dem gesunden Auge durch eine Juwelierlupe. Sie drehte und wendete ihn, als wollte sie ein Geheimnis ergründen, das sich hinter dem Rubinkristall verbarg.

Sie nahm sich Zeit, die Alte, und untersuchte schließlich Edelstein für Edelstein. Dann holte sie ein speckiges gelbes Notizbuch aus der Schublade einer verblichenen Holzkommode und schrieb etwas hinein. Mit kleinen Strichen entwarf sie in Sekundenschnelle eine wunderschöne Kalligraphie.

Madame Chang erhob sich ungewöhnlich behände für ihr Alter aus dem Rattansessel, wobei das Monokel wundersamerweise nicht verrutschte. Ihr Rücken war krumm, die

Füße schlurften leise. Sie machte eine Handbewegung und brummelte etwas, das Labastide wieder nicht verstand.

Sie ging aus dem Zimmer und ließ den Franzosen allein zurück. Da schoss ihm ein Gedanke durch den Kopf: Und wenn man ihn betrogen hatte? Wenn man ihn bestohlen hatte? Seine Lage war, objektiv betrachtet, beunruhigend: Er saß in einem Kellerzimmer fest, ohne die Juwelen und ohne Fluchtweg.

Labastide begann zu schwitzen und spürte, dass sein Herz raste – diese verdammte Angst. Er fühlte sich mit einem Mal schlecht. Ein verängstigter Abenteurer, dachte er, genau das bin ich, ein verängstigter Abenteurer.

Aber war das ein so großer Widerspruch? Vielleicht war es ja die Angst, die es ihm ermöglichte, weiterzuleben; denn Angst kann zwar lähmen, aber auch helfen, vorsichtiger zu sein, je nach Situation.

Vor den Augen des Franzosen erstanden nun, wie in einer Rückschau am Ende des Lebens, die Bilder jenes Tages, an dem man ihn als Kind ins Schwimmbecken geworfen hatte, damit er schwimmen lernte. Allein hatte er es nicht geschafft, also musste man ihn zwingen, doch als er dann im Wasser lag, gab er sich nicht etwa auf oder schrie um Hilfe, sondern beschloss, zu kämpfen und sich zu retten. Aus Angst lernt man also auch.

All diese Erinnerungen gingen ihm durch den Kopf, ehe er wieder in die Realität zurückkehrte, in diesen Keller an der Uferpromenade von Shanghai, wo er sich, eingesperrt und ohne die Edelsteine, einem riesigen Rattansessel gegenübersah.

Wieder packte ihn die Angst. Doch da ging die Tür auf, und Madame Chang kam herein, gebückt und auf Chinesisch vor sich hin brabbelnd, das Monokel wundersamerweise an seinem Platz. Sie hielt einen Umschlag in der Hand. Von den Juwelen keine Spur.

Madame Chang trat zu dem Franzosen und überreichte ihm den Umschlag. Labastide öffnete ihn, sah hinein und wusste nicht, was er nun tun sollte.

»Zählen Sie es«, sagte die Hehlerin.

Labastide, der ganz rot im Gesicht war, nahm das Bündel Dollarscheine heraus und zählte sie. Eine erkleckliche Summe, in etwa das, was er erwartet hatte. Er wollte schon zustimmend nicken, als die Alte ihrerseits eine Kopfbewegung machte, etwas Unverständliches murmelte, an ihrer Pfeife zog und sagte:

»Das ist natürlich nur für den Rest der Ware, der Rubinring wird extra verrechnet«, sagte sie, griff in ihr Gewand und legte ihn auf den Tisch.

»Natürlich«, murmelte Labastide, verunsichert und nicht mehr Herr der Lage.

Der Rubin, so stellte sich heraus, war äußerst wertvoll. Er allein war mehr wert als der ganze Rest. Deswegen wollte die Hehlerin, entgegen ihren Regeln, mit Labastide verhandeln. Normalerweise war dafür kein Spielraum. Das hast du für mich, und das und nicht mehr bezahle ich dir dafür, ohne Feilschen, ohne Verhandeln. Entweder du nimmst es, oder du nimmst es nicht. So war es bei den Juwelen gewesen, doch bei dem Rubinring lief es anders. Dabei ging es eindeutig um Geld, um viel Geld, um außerordentlich viel Geld, aber auch um Gefahr, um große, um außerordentliche Gefahr.

Labastide erschrak. Und auf einmal ertönte in seinem Innern eine Alarmglocke. Er lächelte, zeigte die sagenumwobenen Grübchen, die die Damen dahinschmelzen ließen, errötete leicht, packte den Umschlag mit dem fetten Dollarbündel in den Rucksack und entschuldigte sich bei der Hehlerin.

»Madame Chang, ich glaube, den Rubinring nehme ich lieber wieder mit.«

Sie betrachtete ihn verblüfft durch ihr Monokel. Inzwischen saß sie bereits wieder in dem Rattansessel, ihr winziger Körper in dem Seidenkittel, das runzelige Gesicht, der Pfeifenqualm wie ein Zeichen, das in der Nacht den Weg wies.

Er steckte den Ring in die Hosentasche, stammelte hastig ein paar Worte der Entschuldigung und eilte hinaus. Er sprang über den Pandabären, der noch immer, an seine Opiumpfeife geklammert, auf dem Boden lag, und hastete, ohne sich umzusehen, zwei Stufen auf einmal nehmend die Treppe hoch. Hätte er zurückgeblickt, hätte er zwei wunderschöne Chinesinnen gesehen, die auf den wie Xi'an-Krieger aufgereihten Hockern saßen und sich mit ein paar lärmenden, grobschlächtigen Typen abmühten. Er hätte auch Madame Changs enttäuschtes Gesicht gesehen, das aber eher Müdigkeit als Überraschung verriet. Er hätte gesehen, wie sie sich das Monokel abnahm und es fast zärtlich putzte. Er hätte gesehen, wie sie einen langen Zug an ihrer Pfeife nahm und an der Bar ein Glas Milch verlangte. Und er hätte sich gedacht, dass es ungewöhnlich sei, dass eine Chinesin in diesem Alter Milchprodukte konsumierte, aber genauso ungewöhnlich war es, auf eine alte Hehlerin mit Monokel zu treffen.

Nun denn, all diese Überlegungen sind müßig, denn Tatsache ist, dass Bruno Labastide nichts gesehen hat. Er raste aus diesem Keller, ließ den roten Samtvorhang hinter sich wie eine Feuersbrunst, öffnete die Tür und rannte die Straße hinunter. Der Chinese mit dem Muttermal auf der Stirn, aus dem wie aus einer harten Bürste zwei Borsten sprossen, blieb ungerührt und ließ ihn ziehen. Ohne Zweifel war er von unten benachrichtigt worden.

Labastide rannte, bis er am Fluss angelangt war. Erst dort, wo der laue Nachtwind über sein Gesicht strich, beruhigte er sich. Madame Changs Bordell war nur wenige hundert Meter entfernt, doch es kam ihm vor, als wären es Lichtjahre.

Nach und nach gelang es ihm, seine Panik unter Kontrolle zu bringen. Als er glaubte, weit genug weg zu sein, setzte er sich gegenüber dem imposanten Telekommunikationsturm von Pudong auf eine Bank: Die Lichter, alles Neon, der Fortschritt? Das pralle Leben jedenfalls.

Dann traf er die intelligenteste Entscheidung seines Lebens, und die bewahrte ihn vor einem Schlamassel mit unvorhersehbaren Folgen. Er ging zurück zum Hotel, legte sich aufs Bett und schlief ein – komplett bekleidet, den Rubinring in der einen Hosentasche, den Umschlag mit den Dollars in der anderen. Er hatte Albträume, und sie nahmen ihm den Atem und brachten ihn zum Schwitzen. In einem davon war er in Freetown, Liberia, mitten in einem heftigen Krieg, doch diesmal war es keine erfundene Geschichte, mit der er wohlhabende Damen einlullte, nein, es war alles ganz real. Eine Patrouille von Kerlen, alle zugedröhnt, die Augen weit aufgerissen wie Zombies, stoppte ihn auf der Landstraße und hielt ihm die Pistole an den Kopf. Labastide, du verlogenes Arschloch, zieh dich aus, wir wollen dich töten, sagten sie in perfektem Französisch zu ihm. Er wollte antworten, etwas sagen, doch seine Lippen waren nicht in der Lage, auch nur einen Laut zu formen. Die uniformierten Kerle lachten vulgär, und ihre weißen Zähne blitzten in den schwarzen Gesichtern auf, als sie ihn mit den Spitzen ihrer Gewehre und Maschinenpistolen drangsalierten.

Dieser Albtraum ging in einen anderen, noch schlimmeren über. Diesmal war er in eine gläserne Kiste eingesperrt, und durch ein Loch kamen Fliegen herein, Hunderte von Fliegen, Tausende von Fliegen, Fliegen über Fliegen, große, pechschwarze Fliegen. Der Krieg der Fliegen, du altes Gespenst, brüllten ihm die Fliegen ins Ohr, hast du dich nicht damit gebrüstet, den Krieg der Fliegen miterlebt zu haben?

Er wachte schweißgebadet auf, sein Herz zersprang fast in seiner Brust, so schwindelerregend schnell schlug es; so schnell, wie er lange Zeit gelebt hatte. Er stand auf und drehte ein paar Runden im Zimmer, wie ein Gefangener in der Zelle. Dann prüfte er, ob der Ring und die Dollars noch in seinen Taschen waren. Er packte in Windeseile seine Sachen und verließ das Hotel, ohne sich von irgendjemandem zu verabschieden. Das Zimmer hatte er im Voraus bezahlt, wie an solchen Orten, wo man keinem trauen konnte, üblich.

Er wickelte den Ring in Zeitungspapier ein, steckte ihn in einen braunen wattierten Umschlag, ging zum zentralen Postamt und schickte ihn an den amerikanischen Botschafter in Phnom Penh. Auf den Umschlag schrieb er den Namen der Amerikanerin, der er ihn gestohlen hatte.

Seine Einschätzung war richtig gewesen. Margie und Wendy hätten den Diebstahl tatsächlich verschwiegen, wäre da nicht besagter Ring gewesen, ein äußerst wertvolles Stück, das für Margies Mann, General Aloisius Smith aus dem Pentagon, auch noch von großer emotionaler Bedeutung war. Die beiden Damen hatten sich eine gute Geschichte ausdenken müssen, eine Geschichte mit Dieben, die in ihre Zimmer eingedrungen waren, während sie gerade Sightseeing machten. Der General hatte seine sämtlichen Kontakte beim State Department mobilisiert, weshalb die langen Tentakeln der amerikanischen Verwaltung bereits auf die Hehlerschwarzmärkte im gesamten Fernen Osten vorgedrungen waren. Und so bewahrte diese überraschende Rückgabe, mit der Labastide auf ein ordentliches Sümmchen Geld verzichtete, ihn vor einem mehr als wahrscheinlichen Gefängnisaufenthalt oder – wer weiß – sogar vor Schlimmerem, denn in bestimmten Gegenden sollte man mit bestimmten Dingen nicht spaßen.

Labastide erfuhr letztlich nie, dass er wegen dieses Rings bereits gesucht wurde, und auch nicht, dass man ihm bereits auf den Fersen war, genauso wenig wie er erfuhr, dass ein paar Tage nach seinem Besuch bei Madame Chang Beamte des amerikanischen Konsulats von Shanghai den Keller der Hehlerin von oben bis unten durchsuchten und sich ähnliche Szenen auch in Hongkong, Singapur, Bangkok, Saigon, Kuala Lumpur und anderen Städten der Region abspielten. Und dass diese Geste der anonymen Ringrückgabe ihm kurioserweise zu etwas unschätzbar Wertvollem verhalf: zur Freiheit.

An einem bewölkten und schwülen Vormittag im April nahm Bruno Labastide um zehn Uhr vierunddreißig im Flughafen von Hongquiao das Flugzeug mit Kurs auf ein ruhigeres Leben. Als er mit einem Glas Champagner in der Hand und einigen tausend Dollar in der Tasche auf seinem Business-Class-Sitz saß, legte sich auf einmal ein nostalgischwehmütiger Zug über sein Gesicht. Er musste mit einem Mal an seine Anfänge in Paris denken, wo er, der unansehnliche Jugendliche mit Pickelgesicht, als Hotelboy gearbeitet hatte und beim Anblick schöner Damen im Morgenmantel errötet war.

Der Verehrer

Sie war nie das hübscheste Mädchen des Viertels gewesen, doch nun, in der Blüte ihrer Jahre, hatte sie unzweifelhaft etwas Attraktives. In ihrem sehnsuchtsvollen, leicht skeptischen Blick sah man die Narben von Schiffbrüchen, bei denen das Barometer um zwanzig Hektopascal gefallen war und orkanartige Winde aus wechselnden Richtungen die stattliche Bemastung zerstört hatten. Liebesschmerz, ohne Zweifel.

Sie fühlte sich wohl auf dieser Pariser Terrasse, liebkost von der sanften Herbstsonne, gestärkt von einem Imbiss – Tee mit Gebäck –, auf dem runden Tischchen ein Buch und ein Kännchen Wasser. Nur ein halbes Dutzend Tische besetzt.

Gedankenlos sah sie sich um: ein japanisches Touristenpärchen, mehrere Mädchen, die angeregt diskutierten, ein in die Jahre gekommener Herr, der Zeitung las. An mehr sollte sie sich später nicht erinnern.

Auf der im Hintergrund zu erahnenden Seine fuhren Boote mit Touristen vorbei. Den Menschen schien es wichtiger zu sein, Fotos zu schießen, als die Bootsfahrt und die Aussicht zu genießen, als wäre es das Hauptziel ihrer Ferien im Ausland, den Freunden später darüber zu berichten.

Auf der Terrasse tänzelte ein schwarzgekleideter Kellner herum, schwarze Schürze, schwarzes Haar und von dieser für Pariser Kellner so typischen Arroganz, die sie wie Pseudo-Aristokraten erscheinen ließ. Sie musste ihn mehrmals rufen. Keine Chance. Beim dritten Mal gelang es ihr, die Rechnung zu verlangen.

»Es ist schon bezahlt, Mademoiselle«, sagte der Kellner.

»Wie bitte?«

»Der Herr dort an dem Ecktisch hat bereits bezahlt.«

»Was für ein Herr?«

Der Kellner ließ Anzeichen von Ungeduld erkennen, während er ihre Tasse und die Teekanne auf sein Tablett stellte.

»Der dort drüben«, wiederholte er missmutig, »der Herr mit der roten Nelke am Revers.«

Doch in dem Moment, als der Kellner auf diesen Tisch zeigte, bemerkte er, dass der Mann bereits gegangen war.

»Ich dachte, Sie würden sich kennen«, sagte er.

Sie erwiderte nichts und versuchte, sich an die Gesichter der anderen Gäste auf der Terrasse zu erinnern. Die japanischen Touristen waren noch da, ebenso die Mädchen, die sich um die Gunst irgendeines Jungen stritten, und auch der zeitunglesende ältere Herr. Sie erblickte nun außerdem eine Frau mit Hündchen, die mit kleinen Schlucken ein Gläschen Anislikör leerte, sowie zwei ergraute Herren, die in grauen Anzügen steckten und in graue Unterhaltungen über ihr graues Leben vertieft waren. Und ganz hinten in der Ecke ein Glas mit einem Rest Wein, aus dem der mysteriöse Herr mit der Nelke am Revers getrunken hatte.

Scheinbar ohne festes Ziel schlenderte sie über den Boulevard und blieb vor Schaufenstern stehen, die bereits ihre Winterkollektion darboten. Im Schatten war es kühl, der Wind blies kräftig, und ohne die liebkosende Herbstsonne wirkte die Welt feindseliger.

Sie war allein nach Paris gereist, um Landschaften und Erinnerungen wiederaufleben zu lassen, wie ein Verbrecher, der an den Ort seines Verbrechens zurückkehrt, und nun merkte sie, dass das keine gute Idee gewesen war. Das Gewicht der Erinnerungen kann unerträglich sein, und es ist schwer zu sagen, welche mehr schmerzen, die glücklichen oder die unglücklichen. Am Ende sind sie alle traurig.

Ohne recht darüber nachzudenken, betrat sie ein Geschäft. Sie grüßte die Verkäuferin und verlor sich zwischen den Regalen und den üppig behangenen Kleiderständern. Sie probierte einen Hut, ein paar Handschuhe an, legte sich einen Schal um, alles nur zum Zeitvertreib, ohne wirkliche Absicht, etwas zu kaufen. Dann erblickte sie zwei Abendkleider, ein schwarzes und ein goldenes – *champagne* nannte es die Verkäuferin –, beide umwerfend, und sie stellte sich vor, wie sie an ihrem Körper zur Wirkung kämen, der zwar keine jugendliche Glätte mehr aufwies, dennoch aber anmutige Formen.

»Kann ich sie anprobieren?«

»*Mais oui, madame, bien sûr.*«

Sie betrat die Umkleidekabine und zog sich aus. Dort, vor dem Spiegel, im erbarmungslosen Neonlicht, entdeckte sie die Spuren, die die Zeit auf ihrer Haut hinterlassen hatte. Doch nachdem sie sich das schwarze Kleid übergestreift hatte, gewann ihr Selbstwertgefühl wieder einige Punkte hinzu. Es stand ihr wirklich ganz ausgezeichnet und passte perfekt, wie maßgeschneidert. Den Rücken ließ es frei, und sie überlegte, dass es im Sommer, wenn sie richtig braun wäre, noch besser wirken würde.

Das goldene – Verzeihung, das *champagne*-farbene – sah ebenfalls sehr gut an ihr aus. Sein Stoff fühlte sich so zart an, dass es den Körper umschmeichelte wie das Wasser eines warmen Wasserfalls, und sie malte sich die Hände eines verliebten Mannes aus, der diese Seide liebkoste.

Sie zögerte einen Augenblick, probierte das andere noch einmal an und betrachtete sich erneut im Spiegel. Schließlich zog sie sich wieder an und verließ die Umkleidekabine.

»Ich nehme das schwarze«, sagte sie zu der Verkäuferin, als sie ihr die Kleider zurückbrachte.

»Er scheint Sie ja gut zu kennen«, erwiderte diese.

»Wie bitte?«

»Ihr ... Freund ... oder was immer ...«, sagte die Verkäuferin errötend. »Er meinte, Sie würden das schwarze wählen.«

»Was für ein Freund?«, fragte sie überrascht.

Die Verkäuferin senkte verschämt den Blick, als hätte sie sich auf eine Party eingeschlichen, zu der sie nicht eingeladen worden war.

»Der Herr in dem dunklen Anzug mit der Nelke am Revers«, flüsterte sie. »Er sagte, er hätte es eilig und müsse los, aber er sei sich sicher, dass Sie das schwarze nehmen würden. Er hat es selbstverständlich schon bezahlt.«

Ihre Beine zitterten, als sie wieder auf der Straße im brandenden Pariser Verkehr stand, mit einer eleganten Tasche der Luxusboutique in der Hand, darin ein schwarzes Kleid. Sie sah nach rechts und nach links. Wer zum Teufel war dieser Mann mit der roten Nelke am Revers?

Fast wäre sie von einem Taxi überfahren worden. Der Fahrer beschimpfte sie, und sie nahm allmählich wieder wahr, wo sie sich befand. Sie überquerte hastig den Boulevard und stellte sich unter, weil ein leichter Regen niederging.

Es war noch mitten am Nachmittag, doch sie verspürte das Bedürfnis nach etwas Ruhe, nach einem ruhigen Zufluchtsort, wo sie nachdenken konnte. Sie beschloss, ins Hotel zurückzukehren, ein langes Bad zu nehmen, sich auszuruhen und in ihrem bezaubernden Hotelzimmer mitten in der Großstadt der wunderbaren Musik der Stille zu lauschen.

Das warme Wasser und das sprudelnde Badesalz entspannten sie derart, dass sie sogar ein wenig einnickte. Die Tür zum Zimmer hatte sie offen gelassen, und so konnte sie von der Badewanne aus das schwarze Kleid auf dem Bett liegen sehen.

Das Telefon klingelte. Der schrille Ton erschreckte sie und riss sie jäh aus ihrer Glückswelt.

»Ja?«

»Entschuldigen Sie die Störung, gnädige Frau, hier ist der Concierge. Es wurde ein Umschlag für Sie abgegeben, und wir wurden gebeten, ihn sofort auszuhändigen. Darf ich einen Hotelboy schicken?«

Sie zögerte einen Augenblick. In diesem dampfig-warmen, nach Duftseife riechenden Universum fiel das Denken schwer.

»Ja, ja, ich bitte darum, danke«, sagte sie, fast schon stammelnd.

Keine zwei Minuten später klopfte es an ihrer Tür. Sie lag noch immer in der Badewanne; der langsame Rhythmus, den ein ausgedehntes warmes Entspannungsbad dem Herzen aufzwingt, hatte sie träge gemacht.

Jetzt stieg sie aus der Wanne und zog den Bademantel über. Es klopfte erneut.

»Ich komme gleich, einen Augenblick, *s'il vous plaît.*«

Mit pitschnassen Haaren und lediglich in den weichen Frotteebademantel gehüllt öffnete sie die Tür. Vor ihr stand ein junger Kerl mit pickeligem Gesicht und einem noch nicht voll entwickelten Körper.

»Madame, hier ist der Brief, der an der Rezeption für Sie abgegeben wurde.«

Sie musterte ihn provozierend von Kopf bis Fuß, mit der Sicherheit, die ihr die vielen Jahre verliehen, die sie ihm voraushatte.

»Woher weißt du, dass es ein Brief ist?«, fragte sie. »Hast du ihn geöffnet?«

Der Junge wurde rot und fing an zu zittern.

»Nein, natürlich nicht«, brachte er stammelnd hervor.

Sie spürte, dass sie zu weit gegangen war, dass sie ihren Zorn darüber, bei ihrem Bad gestört worden zu sein, am schwächsten Glied der Kette ausgelassen hatte. Und deshalb fühlte sie sich schlecht. Es war doch immer dasselbe: Sie ertrug die Vorstellung nicht, sich falsch verhalten zu haben, und deshalb ging sie hart mit sich ins Gericht.

In Wahrheit stammelte und errötete der jugendliche Hotelboy weniger wegen der Worte dieser Dame, die vom Alter her gut seine Mutter hätte sein können, sondern weil ihr Bademantel sich gelockert hatte und eine noch immer feste, runde Brust hervorblitzte.

Sie erkannte, worauf der Blick des Jungen sich richtete. Und nun war es an ihr, eine Entschuldigung zu stammeln: Verzeihung, ich wollte dich nicht beleidigen, warte einen Augenblick. Sie zog die Tür etwas zu, wandte sich um und ging ein paar Münzen holen.

Drinnen schnürte sie energisch den Bademantel enger.

Als sie wieder an die Tür kam, war der Junge bereits weg.

Sie ließ sich aufs Bett fallen und stellte den Fernseher an, spürte jedoch sogleich, dass sie den Krach nicht ertrug, also stellte sie den Ton aus und gab sich dem bunten Schauspiel der stummen Bilder hin. Da fiel ihr ein, dass sie den Brief noch gar nicht geöffnet hatte.

Dort lag er, direkt neben ihr, ein länglicher weißer Umschlag, ohne Logo, Absender oder Siegel. Er war nicht einmal namentlich an sie adressiert, nur ein paar Buchstaben und Zahlen, mit blauer Tinte hingekritzelt: Zimmer 315.

Sie öffnete ihn. Er enthielt keinen Brief, keine Notiz, keine Nachricht, lediglich eine Eintrittskarte für die Oper *Le Nozze di Figaro* von Mozart, im Palais Garnier, für diesen Abend.

Fast mechanisch griff sie zum Telefonhörer.

»Spreche ich mit der Rezeption? Guten Tag, mir wurde gerade ein Umschlag aufs Zimmer gebracht, und ich würde gerne wissen …«

»Einen Augenblick bitte, gnädige Frau, ich verbinde Sie mit dem Concierge.«

Eine grauenhafte Warteschleifenmusik.

»Guten Tag, mir wurde gerade ein Umschlag aufs Zimmer gebracht, und ich würde gerne wissen, ob die Person, die ihn gebracht hat, noch da ist.«

»Zimmer 315, natürlich. Tut mir leid, gnädige Frau, den hat ein Herr hier abgegeben, aber ich fürchte, er ist bereits gegangen.«

Sie war verärgert.

»Ein Herr, sagten Sie?« Sie atmete tief durch.

»Und trug der Herr zufällig eine rote Nelke am Revers?«

Es entstand ein kurzes Schweigen in der Leitung.

»Tut mir leid, Madame, darauf habe ich leider nicht geachtet. Ist etwas nicht in Ordnung?«

»Nein, nein, vielen Dank«, sagte sie. »Ach ja, ich glaube, heute Abend wird *Le Nozze di Figaro* in der Oper Garnier aufgeführt, und ich habe mich gefragt, ob …«

Er ließ sie gar nicht erst ausreden.

»Ich weiß schon, was Sie mich fragen wollen, Madame«, unterbrach der Concierge sie, »aber leider ist das unmöglich, ich kann keine Karten besorgen, sie sind seit Wochen ausverkauft, diese Premiere ist *das* Pariser Kulturereignis der Saison.«

»Nein, nein«, sagte sie, »ich wollte doch nur wissen … Trotzdem vielen Dank.

»*À vous, madame.*«

Sie schwankte zwischen Aufregung und Angst. Allmählich fühlte sie sich verfolgt von diesem Typen mit der Nelke, selbst wenn es vielleicht für alles eine ganz einfache Erklärung gab, schließlich hatte der Concierge nicht gesehen, ob der Mann, der den Umschlag abgegeben hatte, diese rote Nelke am Revers trug, und das ist schließlich kein Detail, das einem Hotelportier so ohne weiteres entgehen würde.

Vielleicht hatte auch jemand aus ihrer Familie, der wusste, dass sie in diesem Hotel logierte, die Einladung geschickt; es war ja kein Geheimnis, dass sie Opernliebhaberin war. Vielleicht war heute ja ihr Glückstag. Oder es hatte sich jemand im Hotel oder in der Zimmernummer geirrt. Vielleicht malte sich ihr gequälter Geist auch nur irgendwelche Verschwörungen aus, für die es eine ganz einfache Erklärung gab.

Jedenfalls war die Aussicht, den Abend allein in einem Hotelzimmer zu verbringen, nicht die angenehmste. Na los, ermunterte sie sich, du bist in Paris, und das Schicksal hat dir eine Eintrittskarte für eine deiner Lieblingsopern zugespielt. Sie nahm den Umschlag und betrachtete erneut die Eintrittskarte. Orchesterplatz Mitte, einer der besten Plätze des Palais Garnier, der Oper von Paris.

Sie zog das schwarze Kleid an, fast instinktiv, ohne innezuhalten oder sich zu fragen, warum. Es war einfach ein neues Kleid, und sie fühlte sich sehr hübsch darin. Während sie sich schminkte – ein kleiner Schatten über den Augen, der ihren melancholischen Blick betonte –, ertappte sie sich dabei, dass sie ein paar Melodien aus der Oper trällerte, die sie sehen würde, und sie fühlte sich wie die heimliche Geliebte des Grafen Almaviva. Unter dem Kleid trug sie edle Dessous. Sie fragte sich, ob das ungehörig für eine Frau ihres Alters war. Und wennschon, sie sah blendend aus, eine attraktive reife Frau.

Zwei Tropfen Parfum auf den Hals und die Handgelenke, und schon war sie bereit für eine Opernnacht, von der sie als Kind in diesem gottverlassenen Provinzkaff im provinziellsten Land der Welt immer geträumt hatte.

Festen Schrittes durchmaß sie die Hotel-Lobby. Zwei übergewichtige Herren, allem Anschein nach Touristen, brachen ihre Unterhaltung ab, als sie vorbeikam. Sie bemerkte, dass sie ihr nachsahen. Das verlieh ihr Sicherheit.

Du bist superattraktiv, na klar, sagte sie sich, ziehst immer noch die Blicke der Männer auf dich.

Der junge Hotelboy mit dem Pickelgesicht und dem schmächtigen Körper, der ihr den Umschlag hochgebracht hatte, Bruno war sein Name, mühte sich gerade, für alle sichtbar, mit vier Koffern ab. Ihre Blicke kreuzten sich, und sie lächelte ihm zu. Vor lauter Schreck ließ der Junge einen Koffer fallen, stolperte darüber und fiel mit dem restlichen Gepäck hin. Der Rezeptionschef strafte ihn mit einem vernichtenden Blick und entschuldigte sich eilends bei den Kofferbesitzern, einem amerikanischen Ehepaar, das in Richtung Aufzug unterwegs war.

Sie nahm ein Taxi. Es hatte aufgehört zu regnen, und Dunkelheit hüllte die Stadt ein, verwandelte sie in einen magischen Ort mit klarer, nach Feuchtigkeit duftender Luft, herrlich beleuchtet, lebendig und elegant.

Das pompöse Opernhaus erstrahlte in voller Pracht und Opulenz. Am Eingang standen mehrere Fotografen, und man spürte, dass es ein besonderer Abend, eine große Gala war, bei der die höheren Gesellschaftsschichten sich gegenseitig an Luxus, Glamour und Exhibitionismus übertreffen wollten. Sie fragte sich, wie viele von ihnen die Musik wirklich so liebten wie sie und wie viele nur aus gesellschaftlicher Verpflichtung dort waren.

Sie stieg die beeindruckende Freitreppe zum Foyer im ersten Stock hinauf. Von dort blickte man auf die breite Prachtstraße, die sich zu Füßen dieses majestätischen Theaterhauses wie ein großer Lichterteppich ausbreitete. Gläserklirren, lächelnde Gesichter, belanglose Unterhaltungen: Du siehst wundervoll aus, meine Liebe. Ach, danke, und was hast du nur für wunderschöne Ohrringe. Weißt du, dass ich die Hausangestellte entlassen musste, weil sie Sozialversicherung und eine Lohnerhöhung verlangt hat?

Lippen, so schmal wie Streichhölzer, alte Damen, die nicht zu altern wussten, lüsterne alte Herren, schöne, aber hochnäsige junge Damen, hier und da ein betagter Adliger, jedoch mit Stil, ausländische Touristen … eine bunte und kuriose Mischung also, die sie mit einem ironischen Lächeln auf den Lippen betrachtete.

Es klingelte, und die Zuschauer strebten an ihre Plätze. Wie erwartet war der ihre einer der besten, hervorragend gelegen, nicht nur um zu sehen, sondern auch um gesehen zu werden, was mancherorts ja zur Opernroutine dazugehört.

Das Opernhaus quoll über, man hörte dieses aufgeregte Tuscheln, das besonderen Ereignissen vorausgeht. Sie sah sich nach allen Seiten um: kein einziger freier Platz, die Logen voll besetzt, ebenso das Parkett und die obersten Ränge. Nur einer war frei, nämlich der rechts von ihr.

Die Lichter gingen langsam aus, und der Sitz neben dem ihren war immer noch nicht besetzt. Sie wurde unruhig. Die ersten Noten der Ouvertüre erklangen – D-Dur, murmelte sie –, und niemand setzte sich auf diesen Platz, den einzigen freien im ganzen Saal, mitten im Parkett, genau neben dem ihren.

Der Vorhang ging auf, und die Handlung begann. Sie ließ sich von der Musik und der verwickelten Geschichte mitreißen, von den Liebesdramen, den Missverständnissen und Betrügereien. Die Aufführung war ein Traum – die Sänger allesamt überragend, der Dirigent verwegen, das Orchester spielte wie aus einem Guss –, die Inszenierung eine Überraschung. Sie genoss die Darbietung in vollen Zügen.

Erst in der Pause, als die Lichter wieder angingen, tauchte sie auf aus den Intrigen, die sich in diesem fiktiven Sevilla abspielten, und kehrte zurück in die Realität, zu dem Rätsel und dem beunruhigenden leeren Sitz neben sich.

Zufriedene Bemerkungen seitens des Publikums, weitere Komplimente und nichtssagende Unterhaltungen, erneut der Jahrmarkt der Eitelkeiten. Sie beschloss, sich ein Glas Champagner zu gönnen. Die Bläschen, die aus dem Glas aufstiegen, kitzelten sie in der Nase, und das Aroma und die Kühle dieser magischen goldgelben Flüssigkeit vermittelten ihr ein wohliges Gefühl.

Dann soll die Aufführung weitergehen. Dritter Aufruf. Noch immer stehen die Damen vor der Toilette Schlange.

Das Publikum eilt. Die Lichter gehen aus. Die Türen werden geschlossen. Die Musik setzt wieder ein, und die Verwicklungen zwischen den Almavivas, Susanna, Cherubino, Marcellina und dem Richter Don Curzio gehen weiter. Erst da bemerkt sie, dass der Platz neben ihr noch immer leer ist. Das Orchester tönt gerade sehr laut, und vielleicht hört deshalb niemand den erstickten Schrei, der ihr entfährt, als sie dort, auf dem leeren Sitz neben sich, eine rote, zusammengefallene Nelke erblickt.

Das Publikum springt auf. Langanhaltender Applaus. Der Vorhang hebt und senkt sich, einmal, zweimal: Erschöpfte, aber glückliche Sänger lächeln ins Publikum. Bravo, bravo, erklingt es vom dritten Rang herab, und sie verbeugen sich gerührt zum Zeichen des Respekts vor dem Publikum, wie einst Generationen von Komikern, Schauspielern und Sängern vor ihnen.

Das alles erahnt sie mehr, ist sie doch längst aus der Oper geflüchtet. Ihre Beine zittern. Sie hätte diesen Champagner nicht trinken sollen, denkt sie. Es ist doch immer dasselbe: Wenn uns etwas verwirrt, suchen wir die Schuld oder Erklärung in den äußeren Umständen. In Wirklichkeit aber zittern ihr die Beine, weil sie sich ausspioniert, verfolgt fühlt.

Nun besteht kein Zweifel mehr, jemand überwacht sie, folgt ihr auf Schritt und Tritt und könnte auch jetzt hinter ihr her sein und beobachten, wie sie im nächtlichen Paris im Licht der Autoscheinwerfer verzweifelt die Pfützen überspringt, die der Regen hinterlassen hat. Und das alles auf hohen Absätzen.

In der Ferne die hell erleuchtete Oper – wie ein wunderschönes Geisterschiff, das am Ende des Boulevards vor Anker geht. Sie sieht sich nach allen Seiten um, doch ihre Augen kreuzen sich nicht mit einem anderen Augenpaar, gleichgültige Gesichter, lebendige Automaten. Nur das Lächeln einiger Jungs lässt sie innehalten, konzentriert sich darin doch die ganze Schönheit, der Grund für unsere Existenz. Alle anderen sind nur Statisten in dieser Farce namens Leben.

Ein Taxi setzt sie vor dem Hotel ab. Der Verkehr ist heftig gewesen, aber dort in dem Wagen hat sie sich sicher und beschützt gefühlt. Sie spürt, dass sie allein sein muss, betrachtet die Menschen um sich herum voll Angst, voller Misstrauen. Im Laufschritt durchquert sie die Hotel-Lobby. An der Hotelbar trinken ein paar einsame Menschen noch ein Gläschen. Diese nächtlichen, auf die Theke gestützten Trinker, die nicht einmal eine Unterhaltung mit der Bedienung suchen, haben sie schon immer gerührt.

Sie zögert einen Augenblick, denkt, ein Schlückchen könnte ihr guttun, doch bei dem bloßen Gedanken an Alkohol dreht sich ihr der Magen um. Der Körper befiehlt, er bestimmt über unsere Wünsche, also macht sie einen weiten Bogen um die Bar und eilt mit großen Schritten die Treppe hoch. Sie hat keine Lust, auf den Aufzug zu warten, will nur so schnell wie möglich auf ihr Zimmer und den Schlüssel zweimal im Schloss umdrehen.

Es war warm dort, denn der Wasserdampf im Badezimmer und die voll aufgedrehte Heizung hatten die Temperatur im Raum um einige Grad steigen lassen. Dennoch legte sie sich ins Bett und deckte sich bis oben hin zu. So fand sie endlich ein wenig Ruhe, ein stilles Plätzchen, wie damals als Kind, wenn sie sich nach einem Film gruselte und unter die Decken flüchtete. Dort konnte ihr nichts Schlimmes passieren.

Sie schlief schlecht, schreckte immer wieder aus Albträumen hoch. Doch schließlich drang das Licht mit aller Kraft durchs Fenster – ein weiterer schöner Tag in Paris brach an. Der Regen des letzten Abends lag lange zurück, und die Stadt erstrahlte in all ihrem Glanz.

Sie beschloss, noch ein Weilchen im Bett zu bleiben, vielleicht sogar das Frühstück auf dem Zimmer einzunehmen. Sie hatte keine Eile, und die Ereignisse des Vortags kamen ihr wie ein böser Traum vor, der bereits in einem Winkel des Unterbewusstseins abgelegt war. Sie war nach Paris zurückgekehrt, und das war ein Fehler gewesen, ohne Zweifel. Doch ehe sie ihre Koffer packte und diese Stadt, die sie einmal so geliebt hatte, für immer verließ, blieb ihr noch die Zeit für eine kleine Hommage: heiße Dusche, Aroma eines guten Kaffees und frische Croissants, denn nirgendwo sonst gab es so gute Croissants wie in Frankreich. Und da kamen ihr wieder die Erinnerungen an die glücklichen Tage in den Sinn.

Noch etwas verschlafen ging sie ins Bad und drehte den

Warmwasserhahn auf, damit der Raum sich mit Dampf füllte. Sie kleidete sich aus und begab sich unter diesen warmen Wasserfall. In ihren Ohren hallten noch die Noten des Figaros nach, sie trällerte, seifte sich ausgiebig ein, das Shampoo duftete nach Lavendel. Ein Duft, der sie wiederum in ihre Kindheit zurückbrachte. Sie setzte sich auf den Boden, und das Wasser prasselte kraftvoll auf sie nieder. So verharrte sie eine Weile, in die magische Welt glücklicher Stunden versetzt.

Schließlich öffnete sie die Tür der gläsernen Duschkabine, suchte tastend nach einem Handtuch und wickelte sich darin ein. Sie griff sich ein weiteres für die Haare. Doch sie fand nicht mehr die Zeit, sich abzutrocknen, weil sie ohnmächtig wurde, als sie las, was jemand, während sie duschte, direkt vor ihrer Nase auf den Badezimmerspiegel geschrieben hatte. Einen Satz nur, in der karminroten Farbe der Nelken:

Ich liebe dich.

Der Pianist vom See

»Ich habe noch nie ein C mit einem D verwechselt, noch nie auch nur eine einzige falsche Note gespielt. Inzwischen spiele ich schon seit vierzig Jahren, und das als Profimusiker; wenn man die ganzen Studienzeiten dazunimmt, kommt man sogar auf ein halbes Jahrhundert. Und ich versichere Ihnen, mein Freund Labastide, dass ich in dieser ganzen Zeit keine einzige falsche Note gespielt und auch nie ein E mit einem F verwechselt habe.«

Sonne. Es ist ein sonniger Morgen in Genf. Bruno steht mit heftigen Kopfschmerzen auf, sein Magen revoltiert, der Mund fühlt sich klebrig an. Er ist noch sehr jung, fast noch ein Jugendlicher, und sein Körper ist noch nicht an den massiven Konsum von hartem Alkohol gewöhnt. Doch bei dem Pianisten hat er sich nicht lange bitten lassen: Wenn er trinkt, trinke ich auch.

»Ich bin ein strammer Trinker, mein Junge, und mir gefällt es, wenn du dabei die zweite Stimme spielst. Lerne zu trinken, das ist der beste Ratschlag, den ich dir geben kann«, hatte der Pianist gesagt.

Von Paris nach Genf sind es mit dem Zug nur ein paar Stunden, doch jeder würde bestätigen, dass diese Reise Bruno um einige Jahre älter gemacht hat. Der ungelenke, schmächtige pickelgesichtige Hotelboy begann sich in einen stattlichen, gutgebauten und zunehmend männlichen Jüngling zu wandeln, mit Grübchen in den Wangen und Dreitagebart, womit er selbst den härtesten weiblichen Widerstand zu brechen schien.

Zwar verkörperte diese Schweizer Stadt nicht gerade die Exotik, die der junge Labastide suchte, doch wenigstens war er im Ausland, und etwas anderes hatte er nicht gefunden unter den Stellenangeboten der Zeitung, die in der Lobby seines Pariser Hotels in einem hölzernen Tisch-Zeitungsständer steckte. Ein Dreimonatsvertrag für den Sommer – ein gutes Genfer Hotel, direkt am See gelegen, ein ordentliches Gehalt plus Unterkunft und Verpflegung, außerdem eine gute Beteiligung an den Trinkgeldern. Für den jungen Bruno klang das paradiesisch, ein Angebot, das er keinesfalls ausschlagen durfte.

Er packte seine Siebensachen in einen Seesack und einen großen alten Koffer aus mürbem Leder, der einmal seinem Vater gehört hatte, von diesem jedoch nur ein Mal, nämlich auf seiner einzigen Reise, benutzt worden war. Mit all seiner Habe im Gepäck fuhr Labastide nach Genf. Man besitzt nur das, was einem bei einem Schiffbruch nicht verlorengehen kann, sollte ihm Jahre später ein spanischer Abenteurer an einer Bordellbar in Manila sagen. Und obwohl dieser Satz nicht wirklich originell war, machte ihn Bruno zu seinem Lebensmotto. Mit zwei Koffern kam er nach Genf, und mit zwei Koffern kam er, viele Jahre später, nach Venedig. Dazwischen tausend Schiffbrüche.

Schon am Bahnhof spürte man förmlich den See, unten, am Ende des Steilhangs. Der junge Labastide stand mit seinen beiden Gepäckstücken auf dem Bahnsteig, Menschen kamen und gingen, umarmten sich beim Wiedersehen, küssten sich zum Abschied; über Lautsprecher wurden die nächsten Abfahrten und Ankünfte angesagt, zwischendurch das Pfeifen eines Schaffners, mehr nicht. Alles andere war Stille, als wäre der Bahnhof schallgedämpft.

Verglichen mit Paris ist diese Stadt sehr klein, dachte der junge Bruno, als er, den Koffer aus altem, mürbem Leder in der Hand, den Seesack über der Schulter, loslief und das Hotel suchte. Er hatte keinen Stadtplan und fragte deshalb die Leute auf der Straße, doch niemanden schien es zu interessieren, was der junge Mann von ihnen wollte. Nach mehreren Anläufen bekam er immerhin ein paar Hinweise. Er musste zum See und dann eine gute Weile am Ufer entlanglaufen, immer in Richtung Coppet, erklärte man ihm. Aber wo liegt Coppet?, fragte sich Bruno.

Der Spaziergang war angenehm, aber weit.

Endlich erblickte Bruno am Stadtausgang über den sanften Wassern des Sees das große, elegante Hotel: Hôtel des Étoiles. Gleich am ersten Abend sollte er entdecken, dass einige der Neonröhren des Leuchtschriftzugs kaputt waren, weshalb man aus der Ferne und wegen der fehlenden Sterne »Hôt es toi « las. Das Gebäude war in der Tat prächtig; ein beeindruckender Bau aus der Mitte des 19. Jahrhunderts, der einst in prunkvolle Unterkünfte umgewandelt worden war. Das Problem war, dass diese ganze Pracht ihren Glanz bereits verloren hatte und das Haus sich im Niedergang befand, und zwar mit der Würde einer Marquise, die die Familienjuwelen verkaufen muss, aber darauf besteht, den Tee ausschließlich aus dem feinsten Porzellan zu trinken.

Es war ganz offensichtlich, dass das Anwesen am Ufer des Sees schon bessere Tage gesehen hatte, doch es bewahrte sich noch immer eine gewisse Klasse, die einst den Hochadel halb Europas angelockt hatte. Große Salons mit abgetretenen Perserteppichen, die früher einmal dick und weich gewesen waren. Altmodische, tausendfach spiegelnde Kristallleuchter aus Böhmen oder Murano. Edle Holzmöbel aus dem Elsass. Außerdem Stuck, Gemälde, Wandteppiche, Malereien, Feuchtigkeit, abgeblätterter Putz und Spinnweben. Und das Personal in Galauniform, mit geflickter Hose oder verblasstem Besatz auf den Schulterklappen. Das war das Hôtel des Étoiles, das Hotel der Sterne, wobei man nicht wusste, ob die des Kinos oder die des Himmels gemeint waren.

Rechts von der Eingangshalle befand sich die Rezeption, und dahinter die Piano Bar – in einem weitläufigen Salon mit vormals modernen Möbeln, einer Mahagoni-Theke, ein paar Spinnweben und sechs kaputten Glühbirnen. Gerade recht. Das schaffte eine intimere Atmosphäre, insbesondere dann, wenn der Pianist die Handschuhe abstreifte, seine Finger mit einem Krack-Krack langzog und das erste Lied anstimmte, *Heaven, I' m in Heaven,* Cole Porter. Jede Note sitzt, der Kerl macht schließlich keine Fehler.

»Warum trägt der Pianist Handschuhe?«, fragte Bruno den Concierge naiv.

»Weil seine Hände ein Schatz sind und er sie schützen muss. Weißt du etwa nicht, dass er der einzige Pianist auf der ganzen Welt ist, der noch nie eine falsche Note gespielt hat?«

Bruno errötete und senkte den Kopf. Seine Stimme wurde fast unhörbar.

»Er hat es mir gestern erzählt, aber ich habe es nicht geglaubt.«

»Das ist schlecht, mein Junge«, sagte der Concierge verärgert. »Wenn du den Worten der Älteren keinen Glauben schenkst, wird es dir im Leben schlecht ergehen.«

Der Alltag im Hotel war öde, träge, aber auch angenehm. Morgens bediente Bruno im großen, weitläufigen Frühstückssalon, zu dem auch ein paar Tische auf der Terrasse über dem See gehörten. Der duftende Kaffee und die Toasts mit Butter und Marmelade waren am beliebtesten, gefolgt von den Kräutertees, dem Gebäck und den Cerealien. Fast alle Gäste frühstückten schweigend, eine Ruhe, die lediglich durch das rhythmische Klirren des Bestecks durchbrochen wurde. Nur ein Ehepaar mit zwei Kindern fiel aus der Reihe: Seid still, Kinder, rief die Mutter hysterisch und merkte nicht, dass ihre Stimme störender war als die kindlichen Spiele der Kleinen.

Die Gäste waren, vorsichtig ausgedrückt, kurios. Sie wirkten alle, als kämen sie aus einer anderen Zeit, als hätten sie dieses Hotel schon seit seinen Anfängen besucht. Sie machten Ferien, falls man diesen Begriff überhaupt verwenden kann für die Erholung von Menschen, die gar nicht arbeiten. Wohlhabende Menschen, die nicht zum ersten Mal dort waren und ihren Sommersitz an die Ufer des Sees verlagerten, weil sie, der unbarmherzigen Sommerhitze Paris', Mailands oder Wiens entfliehend, die frische, reine Luft des Kantons Waadt suchten – und bei der Gelegenheit natürlich auch ihre Konten und Investitionen überprüften.

Nichts ist für einen Kellner schlimmer als ein Gast, der kurz vor Schluss eintrifft, also in jenem grenzwertigen Augenblick, in dem der Kellner noch nicht offiziell schließen darf, weshalb er befürchten muss, dass Überstunden auf ihn zukommen. Je nach Gast weist man diesen höflich ab oder bedient ihn noch schnell, allerdings nur unter der Bedingung, dass er sich nicht lange aufhält. Doch bei ihr funktionierte das nicht. Sobald sie ihre pechschwarzen Augen auf einen richtete, hatte keiner mehr den Mut, ihr etwas abzuschlagen. Und sie kam stets dann, wenn die Frühstücksschicht gerade zu Ende ging.

»Guten Morgen, gnädige Frau. Das Übliche?«

Sie hob leicht den Kopf, rieb sich das Ohrläppchen, kniff ihre wie Kohle glänzenden Augen leicht zusammen und nickte. Kein Wort, bis der Kellner ihr das Glas Champagner und den Teller mit den Walderdbeeren gebracht hatte. Dann zog sie ein letztes Mal an ihrer Zigarette, drückte sie sanft in dem Porzellan-Aschenbecher aus, schlug die Beine andersherum übereinander und bedankte sich mit sanfter, aber herausfordernder Stimme in einem Französisch mit leicht italienischem Akzent. Sie setzte die Sonnenbrille auf, nahm eine Erdbeere und tauchte sie in den Champagner. Danach steckte sie sich die Erdbeere zwischen die Zähne; doch nicht um gleich hineinzubeißen, sondern um einfach nur daran zu lutschen. Sie liebkoste sie mit der Zunge, und dann, urplötzlich, war sie mit einem Bissen verschluckt.

»Ist noch was?«, fragte die Dame den Kellner.

Bruno errötete, er hatte gar nicht gemerkt, dass er immer noch vor ihr stand, unbeweglich, wie hypnotisiert.

»Nein … verzeihen Sie, gnädige Frau.«

Er zog sich zurück und spürte ihren sengenden Blick im Rücken, als er wieder zur Terrasse ging.

»Wer ist diese Frau?«, fragte Bruno den Concierge.

Dieser nahm die Lesebrille ab, zog die Augenbrauen hoch, musterte den jungen Labastide von oben bis unten und sagte:

»Vergiss es, mein Junge, diese Stute ist eine Nummer zu groß für einen so kleinen Reiter wie dich.«

Bruno wurde rot und zog den Kopf ein. Tapferkeit zählte

nicht gerade zu seinen größten Tugenden. Gedemütigt ging er an seine Nachmittagsarbeit, was bedeutete, im Restaurant auszuhelfen oder auch den Zimmerservice zu übernehmen. Danach hatte er ein paar Stunden frei bis zum Abend, wenn er an der Theke der Piano Bar bediente.

Das war der schönste Augenblick des Tages: wenn der Pianist vom See kam, gerade der Dusche entstiegen, die Haare noch nass, das Gesicht perfekt rasiert, nach Rasierwasser duftend. Stets mit einem kleinen schwarzen Koffer, wie ein Landarzt, darin die gebundenen Partituren, abgegriffene Bände mit goldenen Lettern auf den Buchrücken. Wenn er sich an die Tasten setzte und der erste Whisky des Abends vor ihm stand, serviert mit einem Lächeln und einer kleinen Verbeugung von dem bereits in die Gepflogenheiten des Pianisten eingeweihten Bruno. Es galt dafür zu sorgen, dass der Tumbler mit den drei Eiswürfeln stets mit dem bernsteinfarbenen Destillat gefüllt war. Andernfalls hörte der Pianist einfach auf zu spielen.

»Hallo, mein Junge, wie war dein Tag?«, fragte er, während er sich die Handschuhe abstreifte und seine Finger langzog, krack-krack.

Bruno kann nichts weiter als ein kurzes Danke murmeln, denn in diesem Augenblick betritt die Dame vom Frühstück die Hotelbar, wie in Zeitlupe, als hätte sie die Macht, mit ihrem Schritt die Zeit anzuhalten. Und die Blicke sämtlicher Gäste scheinen ihr zu folgen auf ihrem Weg an die Bar und zu dem Hocker, der dem Pianisten, der gerade die ersten Noten von *Girl from Ipanema* anschlägt, am nächsten ist. An diesem Abend trägt sie ein geschlitztes schwarzes Kleid, das ihre üppigen gebräunten Brüste betont und zwei straffe und gleichzeitig zarte Beine erahnen lässt. Alles Weitere kann man sich denken, insbesondere der junge Labastide, den die Dame sehr fasziniert.

Sie verlangt erneut Champagner, und Bruno fragt sich, ob diese Frau sich nur von Bläschen ernährt. Er würde sie gern danach fragen, traut sich aber nicht, denn die Worte des Concierge brennen noch in seinem Hirn. Ich bin zu unbedeutend, um eine Unterhaltung mit ihr anzufangen, denkt er.

Der Pianist hingegen scheint sie nicht zu fürchten; er sieht sie unverblümt an, während seine Hände über die Tasten fliegen, und es ist, als spielte er in Wahrheit an ihren Beinen entlang. Sie lässt den Blick des Pianisten zu, lässt sich von seinen imaginären Händen liebkosen, die über die schwarzen und weißen Tasten gleiten, als wären diese ein magisches Schachspiel, aus dem die wundervollen Melodien ganz von allein hervorgehen.

Bruno mixt zwei *Martini dry* und einen *San Franciso* für einen Tisch von Amerikanern, die gerade angekommen sind. Das Klappern des Cocktail-Shakers kann die weichen Noten, die der Pianist der Dame widmet, nicht übertönen, er drückt auf das Sostenuto-Pedal des Klaviers, als wäre es das Gaspedal eines Rennwagens: *La Cumparsita*, wenn du wüsstest, dass in meiner Seele noch immer diese Zärtlichkeit ist, die ich einst für dich empfand, wenn du nur wüsstest, dass ich dich niemals vergaß. Und sie lächelt und schließt die Augen. Und einen Moment lang scheint es, als sänge sie leise diese wunderschönen, durch Gardel berühmt gewordenen Verse mit.

Nur selten sind so gut gemixte *Martini dry* serviert worden wie in dieser Nacht, denn Bruno schüttelt den Shaker immerzu, auf und ab, unfähig, seinen Blick von diesem Schauspiel abzuwenden. Die haben eine lange Geschichte miteinander, denkt er, während er den Amerikanern die Drinks serviert. Und bevor er ein wartendes Pärchen an einem der hinteren Tische bedient, eilt er schnell noch zur Bar und holt die Whiskyflasche, denn das Glas des Pianisten ist fast leer, und es darf nicht sein, dass er aufhört zu spielen, sich die Handschuhe anzieht und der Zauber vorbei ist.

Ciao, bello. Die Dame unterschreibt die Rechnung und lässt als Trinkgeld einen Schein auf dem Tresen liegen. Ein großzügiges Trinkgeld, begleitet von einem Lächeln und einem verschwörerischen Augenzwinkern. Und so, wie sie kam, geht sie wieder, ihre Hüften schwenkend, begleitet von den Blicken der Gäste, die sich ganz unverblümt auf das Ende ihres Rückens richten. Auf einmal bleibt sie stehen, reibt sich das Ohrläppchen und zieht sich die Pumps aus. Und wie Mankiewiczs barfüßige Gräfin läuft sie über die Perserteppiche, die einst dick und weich waren, zu ihrem Zimmer.

Der Pianist hat aufgehört zu spielen. Die letzten Gäste trinken ihre Gläser aus und verlassen die Bar. Bruno fängt an abzuräumen, säubert die Tische, schließt die Kasse, prüft den Bestand, wischt die Flaschen ab, bis sie glänzen, und reiht sie für den nächsten Tag auf. Der Pianist leistet ihm Gesellschaft. Er hat sich auf den Hocker gesetzt, der dem Klavier am nächsten ist, auf dem auch die Dame ihren Champagner getrunken hat, auf dem sie jeden Abend sitzt.

»Mach mir einen Whisky, mein Junge, und schenk dir auch einen ein, dein Arbeitstag ist vorbei«, sagt der Pianist.

Bruno schmerzt der Kopf noch von der vergangenen Nacht, und das Letzte, was er sich wünscht, ist, einen Whisky zu trinken. Der Pianist scheint seine Gedanken zu erraten.

»Keine Sorge, das passiert nur am Anfang, später gewöhnst du dich dran und kannst nicht mehr ohne leben.«

Bruno schenkt sich etwas mehr als einen Shot ein und verdünnt ihn mit Wasser. Der Pianist lächelt mitfühlend. Anfangs trinken sie schweigend, jeder auf seiner Seite der Theke, ohne sich anzusehen. Und auf einmal, ohne vorherige Ankündigung, ohne dass man nachvollziehen könnte, welcher Mechanismus in seinem Gehirn ausgelöst wurde, beginnt der Pianist zu reden. Das war bereits in der vorherigen Nacht so, und es wird in vielen weiteren so sein, als würde eine merkwürdige Triebfeder im Kopf des Pianisten in Gang gesetzt, die ihn zu reden zwingt, die ihn zwingt, die Gespenster, die ihn quälen, nach außen zu kehren.

Damals wurde Bruno bewusst, dass er über eine großartige, ungewöhnliche Eigenschaft verfügte: Er konnte zuhören. Und das bestätigte ihm auch der Pianist am Tag ihres Abschieds.

»Du verstehst zuzuhören, mein Junge, und das ist gut so. Zuhören ist immer intelligenter als reden, das sage ich dir, der ich erst ab dem vierten Whisky rede.«

Mit jeder Nacht schloss Bruno den Pianisten mehr ins Herz; er lernte, sein extravagantes Verhalten zu akzeptieren, auch wenn er die Gründe dafür nicht verstand. Bruno war ein sehr schüchterner Junge und traute sich nur selten, eine persönliche Frage zu stellen. Doch es gab eine, die ihm selbstverständlich erschien, und eines Nachts fasste er sich ein Herz:

»Wie heißen Sie eigentlich? Das haben Sie mir nie gesagt, und hier nennen Sie alle nur den Pianisten.«

Der Pianist lachte laut auf, leerte den Rest des Glases in einem Zug und antwortete spöttisch:

»Merk dir, mein Junge, Markus sagt niemandem, wie er heißt.«

Das war alles, was Bruno über seinen Freund herausfinden konnte: dass er Markus hieß, in einem Genfer Hotel Klavier spielte, täglich seine Whiskyflasche leerte und niemals im Leben auch nur eine einzige falsche Note gespielt hatte.

Doch wie in allen kleinen Welten war es auch in dem Hotel schwierig, Geheimnisse zu bewahren. Es war wie in der Familie, wo immer jemand bereit war, den Schleier über den Dingen zu lüften, die andere verbergen wollten. In diesem

Fall war es der Concierge, der am nächsten Tag die Augenbrauen hochzog, seine Lesebrille abnahm und Bruno das bisschen erzählte, was er über den Pianisten wusste.

Offensichtlich stimmte es, dass er Markus hieß, obwohl niemand im Hotel je seinen Pass gesehen hatte. Er lebte bereits seit einigen Jahren in Genf, und vom ersten Tag an hatte er deutlich gemacht, dass er ein verschlossener, aber höflicher Mensch war. Er hatte sich mit dem Hoteldirektor geeinigt und spielte jeden Abend, bis die Bar zumachte. Sein Gehalt war eher bescheiden, doch dafür zählte keiner die Whiskys, die er trank und die, hätte man sie abgerechnet, bestimmt mehr ergeben hätten als seinen Lohn. Diese Abmachung gehörte also stillschweigend zu seinem Vertrag. Er lebte in einem winzigen und billigen Pensionszimmer in der Rue des Clochards. Das wusste der Concierge, weil der Pianist einmal sein Lederköfferchen mit den Partituren zu Hause vergessen hatte und er den Hotelboy hatte losschicken müssen, um es zu holen. Und natürlich wusste man auch, dass er der einzige Pianist auf der ganzen Welt war, der noch nie auch nur eine einzige falsche Note gespielt hatte.

Alles andere war reine Spekulation, Gerüchte, die man nicht hatte überprüfen können. So hieß es beispielsweise, der Pianist habe Hals über Kopf aus Buenos Aires flüchten müssen, weil er in eine mysteriöse Drogengeschichte verwickelt gewesen sei, die ein strahlendes junges Mädchen aus bestem Hause das Leben gekostet hatte, die rebellische Tochter einer angesehenen Familie aus Mar del Plata. Nicht dass der Pianist mit Drogen gehandelt hätte, er war nur zur falschen Zeit am falschen Ort gewesen. Es wurde auch gemunkelt, der Pianist hätte eine brillante, absolut vielversprechende Karriere vor sich gehabt, doch irgendwann sei es damit ohne erkennbaren Grund vorbei gewesen. Und das war alles, mehr wusste man nicht über diesen Mann.

Aber eigentlich war es eher die Dame, die Bruno den Schlaf raubte. Und da ihm niemand auch nur irgendetwas über sie erzählen wollte, beschloss er, etwas zu tun, das zwar vielleicht nicht ganz korrekt, jedoch auch nicht illegal war. Eines Nachmittags, nach dem Mittagessen, als das ganze Hotel träge vor sich hin döste, schlich Bruno sich in die hinter der Rezeption gelegenen Büros und suchte nach den Aufnahmedaten der Dame. Tatsächlich fand er ihre Karte sofort, wurde jedoch nervös, ließ den Karteikasten mit einem dumpfen Knall zufallen und rannte hinaus – wie ein unprofessioneller Einbrecher, der den Safe bereits geknackt und die Juwelen vor sich hat, aber im letzten Moment von seinem Mut verlassen wird.

In derselben Nacht trank er wieder mit dem Pianisten. Die Routine, denn genau deshalb nennt man sie so, hatte ihre Wiederholung gefunden: Die Dame setzte sich auf den Hocker, der dem Klavier am nächsten war, der Champagner, die wenigen Gäste, die irgendwelche simplen Cocktails bestellten, der Pianist, der nie eine falsche Note spielte, die Dame, die lächelte und still für sich ein paar Melodien mitsang, und der große Leuchter mit den kaputten Glühbirnen, der sie alle erhellte. Anfangs tranken sie, wie üblich schweigend, jeder auf seiner Seite der Theke und spielten gesenkten Kopfes mit den Bierdeckeln.

»Was hast du vor, wenn du hier weggehst?«, fragte auf einmal der Pianist.

Bruno erschrak und murmelte etwas wie »Keine Ahnung, habe ich mir noch nicht überlegt«.

»Aber du hast doch nur noch ein paar Wochen hier«, insistierte der Pianist. »Du musst darüber nachdenken, was du danach machen willst.«

Labastide zog die Schultern hoch, während er mit den dahinschmelzenden Eiswürfeln seines Whiskyglases spielte.

»Um ehrlich zu sein, ich weiß es nicht«, sagte er schließlich.

Seine Wangen färbten sich intensiv rot, es war eine unschuldige Röte, die den alten Pianisten schmunzeln ließ.

»Mach dir keine Sorgen«, sagte er, »so ging es uns allen mal.«

»Ja«, antwortete Bruno, »aber es ist das erste Mal, dass ich es jemandem erzähle.«

Da brach der Pianist in das für ihn so typische Gelächter aus, das immer ganz unerwartet kam, und tat etwas Ungewöhnliches. Er streifte die Handschuhe wieder ab, zog seine Finger mit einem Krack-Krack lang, öffnete den Klavierdeckel und begann zu spielen. Bring uns noch mal zwei, rief er, während er eine sehr freie Version von *Money, money* aus *Cabaret* anstimmte. Als sein Spiel endete – man sah ihm an, dass er es genossen hatte –, setzte er sich erneut Bruno gegenüber an die Bar und nahm einen ordentlichen Schluck aus dem frischservierten Whiskyglas.

»Geld, mein Junge, Geld. Mach Geld. Wenn du nicht weißt, was du im Leben machen sollst, dann empfehle ich dir: Mach Geld. Damit löst du achtzig Prozent der Probleme, die dir im Leben begegnen; hast du Geld, dann kannst du noch so tief stürzen, du fällst immer in ein Netz, dann ist es egal, wie oft du es vermasselst, du kannst immer wieder aufstehen und neu anfangen, als wäre nichts gewesen.«

Bruno lächelte, und dabei traten zwei Grübchen in seinen

Wangen zutage, sein Markenzeichen, seine ultimative Waffe. Er fragte:

»Und was ist mit den restlichen zwanzig Prozent, die man mit Geld nicht regeln kann?«

Der Pianist lächelte erneut, doch diesmal war sein Lächeln eher eine traurige Grimasse. Er nahm einen weiteren Schluck und sagte:

»Diese zwanzig Prozent, die man nicht mit Geld regeln kann, sind Gesundheit und die verdammte Liebe. Da ist nichts zu machen, mein Junge; mit keinem Gold der Welt kannst du dir Erleichterung, kannst du dir Ruhe erkaufen. Wenn es in Sachen Gesundheit oder Liebe schlecht läuft, kannst du es vergessen.«

Ein langes, bedrücktes Schweigen entstand, das der Pianist mit einem weiteren unmotivierten Gelächter brach. »Aber für alles andere ist Geld eine Lösung«, rief er aus. »Lass uns anstoßen, mein Junge!« Und sie stießen an. Und wie sie anstießen, ein ums andere Mal, bis sich auch die zweite Flasche dem Ende zuneigte und man im Osten schon den neuen Tag erahnen konnte.

Da blickte der Pianist nach ausgedehntem Schweigen plötzlich von seinem Glas auf, nahm sein Köfferchen und ging. »Gute Nacht, mein Junge. Vielen Dank.« Es war das erste Mal, dass der Pianist sich bei ihm bedankte, und diese simple Tatsache rührte Bruno. »Ich danke Ihnen«, erwiderte er. Der Pianist blieb mitten im Raum stehen, die Jacke über der Schulter, die schützenden Handschuhe übergestreift, den Lederkoffer unterm Arm. Er wandte sich noch einmal um und sagte: »Du bist ein guter Junge, du weißt, wie man zuhört, und du weißt, wie man lächelt. Du wirst es weit bringen, aber denk an das Geld, mein Lieber, denk an das Geld.«

Bruno hörte, was der Pianist ihm sagte, aber als er ihn mitten in der Bar auf dem Perserteppich stehen sah, der einmal dick und weich gewesen war, schweiften seine Gedanken ab, und er musste unweigerlich an die Dame denken, die sich jeden Abend genau an dieser Stelle das Ohrläppchen rieb und ihre Pumps auszog, um wie eine barfüßige Gräfin auf ihr Zimmer zu gehen.

Und einem Verbrecher gleich, der stets an den Ort seines Verbrechens zurückkehrt, schlich Bruno sich am nächsten Tag wieder in das kleine Büro hinter der Rezeption. Er nutzte wie zuvor die Zeit nach dem Mittagessen, wenn die Welt stillzustehen schien. Diesmal hatte er seine Lektion gelernt, er wusste genau, wo die Unterlagen zu finden waren, und hoffte, diesmal den Mut und die Gelassenheit aufzubringen, die ihm am Vortag gefehlt hatten. Er sah sich also nach allen Seiten um, stellte fest, dass niemand ihn beachtete, öffnete den Kasten mit den Anmeldedaten, suchte die bewusste Karte heraus und las sie an Ort und Stelle mit vor Aufregung wild klopfendem Herzen. Nun, vielleicht wäre es korrekter zu sagen, er studierte sie, lernte sie blitzschnell auswendig, denn kaum dass er sie gelesen hatte, rannte er auch schon wieder hinaus, als hätte er das abscheulichste Verbrechen aller Zeiten begangen. Und in der Tat hatte er etwas getan, das zwar kein frivoles Verbrechen, doch aber etwas sehr Unfeines war. Er hatte nämlich das Geburtsdatum der Dame nachgeschaut.

Es stellte sich heraus, dass die barfüßige Gräfin seiner Träume auch in Wirklichkeit eine Gräfin war. Laut den Unterlagen, die er in der Hotelrezeption eingesehen hatte, hieß sie Alma, Gräfin Alma Capogentile, mit einem Pass der Republik San Marino, wenngleich geboren in Ajaccio, Korsika, und zwar vor sechsundvierzig Jahren. Die Dame war schon vor gut zwei Monaten in dem Hotel eingetroffen, bezahlte ihre Rechnungen wöchentlich mit einem Namensscheck – sie lagen alle in Kopie bei –, einschließlich der zahlreichen Extras aus dem Restaurant, des Zimmerservices, der Massagen, Blumen, der Wäsche und des Champagners, vieler Flaschen Champagner. Die Reservierung ihres Zimmers war unbegrenzt, sprich, die Dame hatte keinen Abreisetag angegeben, und dem Hotel schien es nichts auszumachen, dass die Pläne dieses Gastes so unbestimmt waren.

Sie bewohnte Zimmer 324, eine Suite im dritten Stock mit Terrasse und Seeblick. Bruno war nie dort gewesen, kannte aber den Plan mit den Notausgängen des Hotels auswendig und erinnerte sich gut an diese Suite, die fast dreimal so groß war wie die normalen Zimmer.

Von diesem Augenblick an wurde Brunos Interesse für die Dame zur Obsession. Sein Kopf war ganz und gar besetzt von den Gedanken an Gräfin Alma Capogentile, ganz gleich was er tat, sie war stets präsent. Doch am heikelsten war der Moment, wenn er schlafen ging, kein Auge zutat und sich mit dem Bild der Gräfin im Kopf von einer Seite zur anderen wälzte. Von da an wusste er die langen Gespräche mit dem Pianisten noch mehr zu schätzen, weil sie ihn in einen Zustand von Schläfrigkeit und Trunkenheit versetzten, die ihn einschlafen und die Dame für ein paar Stunden vergessen ließen.

Sobald er an sie dachte, schlug ihm das Herz bis zum Hals. Ihr morgens das Frühstück zu servieren, war eine süße Tortur, und um nichts in der Welt hätte er zugelassen, dass ein anderer diese Aufgabe übernahm; gleichzeitig brach ihm der kalte Schweiß aus, und er verspürte ein ständiges Kribbeln im Magen. War das womöglich jenes Gefühl, das die anderen Liebe nannten?

Eines Tages war es am Morgen ungewöhnlich kalt und regnerisch. Die Gäste nahmen das Frühstück im Speisesaal ein und beobachteten durchs Fenster, wie der Regen auf den See prasselte. Die Gräfin hingegen beschloss, sich wie jeden Tag nach draußen zu setzen. Und dort, unter der großen blauen, die Terrasse überspannenden Markise, von der die feinen Regentropfen abperlten, holte Alma Capogentile eine Zigarette aus ihrem Etui, schlug die Beine übereinander und wartete auf ihr Frühstück. Sie trug einen zweireihigen Trenchcoat, um den sie einen Gürtel mit breiter Schnalle geschlungen hatte, und eine graue Flanellhose. Das hochgebundene Haar gab den Blick auf einen zarten, pulsierenden Hals frei, angesichts dessen Bruno fast das Tablett fallen ließ – ein Hals wie eine kecke Aufforderung zum Hineinbeißen.

»Guten Morgen, gnädige Frau«, grüßte er, als er den Teller mit den Erdbeeren und das Glas Champagner auf dem Tisch abstellte.

»Danke, Bruno«, sagte sie.

Er errötete. Woher wusste sie seinen Namen? Vielleicht war das ja ein gutes Zeichen, ein Zeichen, dass er ihr Interesse und vielleicht sogar ihre Neugier geweckt hatte und … Sie schien seine Gedanken zu erraten und sagte lächelnd:

»Du heißt doch Bruno, nehme ich an, zumindest steht das auf deinem Namensschild.«

Natürlich, das verdammte Namensschild, das die Kellner an ihren Uniformen trugen. Bruno fühlte sich wie ein Hündchen. Die Gräfin schien sich über das verärgerte und beschämte Gesicht des jungen Kellners zu amüsieren. Sie beschloss jedoch, das Spiel nicht weiterzutreiben.

»Das ist ein sehr hübscher Name«, sagte sie.

»Danke, gnädige Frau«, stammelte er.

Nach einer Weile füllte er ihr erneut das Glas mit Champagner. Es regnete noch immer in Genf, oder vielleicht regnete es auch nur auf das Hotel, diesen merkwürdigen Kosmos, der sich den Regeln der Realität entzog.

»Bruno, gibst du mir bitte Feuer?«

Die Zigarette steckte bereits zwischen ihren Lippen, und dennoch sprach sie absolut klar und mit sinnlicher Stimme. Bruno hatte weder Feuerzeug noch Streichhölzer bei sich, und am liebsten hätte er zwei Steine aneinandergerieben, um dem Wunsch der Dame nachzukommen. Glücklicherweise funktionierte sein gepeinigtes Gehirn diesmal schneller.

»Ich bin gleich wieder da, Madame.«

»Mademoiselle«, sagte sie mit schelmischer Miene. Und er wünschte sich, auf der Stelle von der Erde verschlungen zu werden. Eine Minute später war er mit einem Schächtelchen Streichhölzer auf einem Porzellanteller zur Stelle, den er neben das Champagnerglas auf den Tisch stellte.

»Bitte schön, Madame, ich meine … Mademoiselle«, sagte er.

Sie legte den Kopf schräg und rieb sich das Ohrläppchen.

»Ich habe nicht nach Streichhölzern gefragt, sondern dich gebeten, mir Feuer zu geben.«

Der Krieg, der dort ausgefochten wurde, war unfair, denn die Dame verfügte über ungeheure Vorteile gegenüber dem linkischen Anfänger Labastide. Doch jede Lehrzeit ist hart, und wenn der Spruch »Je härter, desto besser« stimmte, dann war dies eindeutig eine Meisterstunde.

Bruno zündete ein Streichholz an. Aber es erlosch, als er

sich der Dame näherte. Dasselbe passierte beim zweiten und beim dritten Versuch; der Wind spielte ihm übel mit. Sie wartete, die Zigarette unverändert zwischen den Zähnen, während sie mit einer Prise Sadismus die Leiden des jungen, hübschen Kellners genoss. Da tat Bruno etwas, womit die Gräfin nicht gerechnet und was man nie von ihm erwartet hätte. Vorsichtig, aber bestimmt nahm er der Dame die Zigarette aus dem Mund, steckte sie sich selbst zwischen die Lippen und zündete sie an, indem er sich von den Windböen abwandte, die die Flamme ein ums andere Mal gelöscht hatten. Dann zog er einmal fest an der Zigarette, um sicherzugehen, dass sie auch brannte, und platzierte sie anschließend ganz sanft wieder zwischen den Lippen der Gräfin.

Diese verzog ihr Gesicht zu etwas Ähnlichem wie einem Lächeln, musterte ihn unverblümt von oben bis unten, tat einen langen Zug an der Zigarette, nahm einen Schluck Champagner und hauchte schließlich:

»Danke, mein Herr.«

An diesem Nachmittag rief der Concierge Bruno zu sich.

»Was gibt's?«, fragte Bruno.

»Nichts«, sagte der Concierge, »ich bin einfach nur neugierig. Darf ich dich was fragen?«

»Nur zu«, antwortete Bruno.

»Was hast du heute Morgen beim Frühstück zu der Gräfin gesagt?«

Bruno fürchtete, augenblicklich in Ohnmacht zu fallen, malte sich aus, dass er die Dame mit seinem Verhalten beleidigt und sie sich bei seinen Vorgesetzten über ihn beschwert habe, sah sich bereits einen ernsten Tadel einstecken oder gleich den Seesack packen und beschämt das Hotel verlassen. Doch er riss sich zusammen und fragte mit leiser Stimme, ob sie irgendetwas beanstandet habe, ob sie mit seinem Service nicht zufrieden gewesen sei. Der Concierge zog auf die für ihn typische Weise die Augenbrauen hoch, nahm seine Lesebrille ab und sagte:

»Nein, wie kommst du denn darauf? Ich war nur neugierig. Weißt du, was die Frau Gräfin, als sie nach dem Frühstück auf ihr Zimmer ging, zu mir gesagt hat: ›Ein vielversprechender junger Mann, dieser Bruno.‹«

An diesem Abend passierte etwas Merkwürdiges. Der Pianist erschien zwar pünktlich zur gewohnten Zeit, doch zum ersten Mal völlig unrasiert. Mit seinen zerzausten Haaren sah er aus, als käme er direkt aus dem Bett – und das an einem Arbeitstag, der um acht Uhr abends begann. Als Bruno ihn so hereinkommen sah, war er besorgt, und seine Sorge wuchs, als er ihm den ersten Whisky servieren wollte und er den Kopf schüttelte und sagte: »Danke, mein Junge, später.«

Danach verlief zwar alles nach dem üblichen Schema: Der Pianist öffnete sein Köfferchen, die gebundenen Partituren lagen bereit, er zog die Handschuhe aus, das Krack-Krack der Finger, wenn er sie langzog. *La Bohème* – »Ich erzähle euch von einer Zeit, die alle unter zwanzig schon gar nicht mehr kennen, von der Zeit des Montmartre.«

Okay, heute ist er melancholisch, dachte Bruno.

Kurz darauf erschien die Dame. Sie trug ein prächtiges rotes Kleid, das ihre Arme und Schultern frei ließ, und Bruno lief das Wasser im Mund zusammen. Sie setzte sich auf ihren üblichen Platz, zwinkerte dem jungen Kellner verschwörerisch zu, drehte sich zum Pianisten und begrüßte ihn höflich mit einer kleinen Kopfbewegung. Dieser antwortete ihr still mit dem Blick und schloss anschließend die Augen, um sich auf die Musik zu konzentrieren. An diesem Abend spielte er, ohne auf die Partitur zu sehen.

Der Tag war grau und trist gewesen, als hätte er sich in der Jahreszeit geirrt und wäre unversehens im Herbst statt im Sommer gelandet. Diese Stimmung war in der Bar deutlich spürbar; es ging gedämpfter zu als sonst, die Gäste schienen müde, tranken schweigend oder waren in halblaute Unterhaltungen vertieft. Der richtige Augenblick für Vertraulichkeiten. Nach dem morgendlichen Vorfall mit der Zigarette und weil der Concierge ihm von der Bemerkung der Gräfin erzählt hatte, fühlte Bruno sich stärker und selbstsicherer. Deshalb nahm er, als er gerade einen Negroni für einen Herrn am anderen Ende der Theke fertig machte – Einen Negroni am Abend?, dachte Bruno –, seinen ganzen Mut zusammen, betrachtete sich verstohlen im Spiegel des Barschranks, um sicherzugehen, dass er auch gut aussah, räusperte sich und wandte sich ganz selbstverständlich und nur mit seinem Grübchen-Lächeln bewaffnet an die Dame:

»Hatten Sie einen angenehmen Tag, gnädige Frau?«

Nun ja, das war weder eine verfängliche noch eine besonders originelle Frage, aber irgendwie musste man ja anfangen, und sollte diese Höflichkeitsfloskel dazu dienen, das Eis zu brechen, dann wäre sie weit mehr wert als auf den ersten Blick vermutet.

Sie strich mit ihrem Finger über den Rand des Glases, sah den Kellner an und sagte mit dem Ansatz eines Lächelns:

»Ja, er war angenehm, danke.«

Aha, das wird nicht einfach werden, dachte Bruno. Offenbar hatte sie nicht vor, ihm die Sache ein wenig zu erleichtern; eine freundliche, aber knappe Antwort. Nun war wieder er am Ball. Er musste eine weitere Frage stellen und eine schneidende Antwort riskieren oder aber rechtzeitig einen eleganten Rückzug antreten, ehe seine Würde schwere Schäden erlitt. Doch Bruno war kein mutiger Junge, diese Eigenschaft zählte nicht zu seinen Qualitäten, er war einfach zu schüchtern. Also bedachte er die Dame mit einem Lächeln und zog sich leise zur Mitte der Theke zurück. Da beschloss die Gräfin, die einen Augenblick lang ihren süßen Sadismus vergaß, ihm ein Rettungsseil zuzuwerfen.

»Und du, Bruno, hast du einen angenehmen Tag gehabt?«

Der Satz traf den Jungen wie ein Stromschlag. Er wandte sich um und ging zurück an die Ecke der Theke, wo die Dame saß. Und so kam es, dass die Gräfin und der junge Labastide erstmals eine Unterhaltung begannen, die mehr war als nur Höflichkeitsfloskeln. Dann hörte der Pianist zu spielen auf. Er tat es mitten im Lied – *Yesterday*. Die plötzliche Stille verschreckte den Kellner, der in die Unterhaltung mit der Gräfin vertieft gewesen war und nicht bemerkt hatte, dass der Pianist schon seit geraumer Zeit nach einem Glas Whisky mit drei Eiswürfeln verlangte. Er brachte es ihm eilends, und gleich darauf schienen all seine Probleme so weit weg zu sein wie in dem Lied, das er nun ganz normal weiterspielte für die vier apathischen Gäste dieses verregneten, dieses seltsamen Abends in der Bar des Hôtel des Étoiles.

»Frau Gräfin«, sagte Bruno.

»Woher weißt du, dass ich eine Gräfin bin?«, unterbrach sie ihn trocken.

Diesmal reagierte Labastide schnell. »In einem Hotel wie diesem erfährt man alles«, antwortete er. »Ich wollte Sie fragen, Frau Gräfin, ob ich Ihnen eine Frage stellen darf, eine persönliche Frage, meine ich.«

Na endlich, dachte sie. Statt zu antworten, warf sie ihm einen ermunternden Blick zu, der ihn einlud fortzufahren.

»Es ist nur eine dumme Neugier«, sagte Bruno.

Dann räusperte er sich noch ein paarmal, ehe er fragte: »Frau Gräfin, warum trinken Sie eigentlich nur Champagner?«

Sie lächelte, weil sie nicht damit gerechnet hatte, dass der junge Labastide ihr ausgerechnet diese Frage stellen würde, musste aber zugeben, dass sie nicht schlecht war.

»Nun, du wirst sehen«, begann sie, »dass es dafür eine Menge Gründe gibt, aber um es ein wenig abzukürzen für dich und weil meine Gewohnheiten dich anscheinend sehr beschäftigen, nenne ich dir drei.«

Bruno schluckte nervös, da ihm bewusst wurde, dass er eine gefährliche Grenze überschritten hatte. Was war ihm nur eingefallen, diese Prachtfrau, die in ihrem roten Kleid unwiderstehlich war wie nie, persönliche Dinge zu fragen.

»Der erste Grund ist schlicht und ergreifend«, begann die Gräfin: »Champagner schmeckt mir. So einfach ist das. Er schmeckt mir ausgesprochen gut. Der zweite ist«, fuhr sie fort, und ihre Stimme klang jetzt verführerisch, »dass er mir sehr guttut, und wenn deinem Körper etwas guttut, dann sollte man ihm das ohne Feilschen und Geizen gönnen, meinst du nicht, mein lieber Bruno?«

Labastide nickte wie ein Roboter, während er der Dame fasziniert lauschte.

»Und der dritte«, sagte sie, »nun ja, der dritte betrifft die Konsequenz.« Sie lachte, nahm einen Schluck aus ihrem Glas und schien weit weg zu sein.

»Ich fürchte, ich verstehe Sie nicht ganz«, sagte Labastide. Wo immer sie mit ihren Gedanken gewesen war, sie kehrte in die Realität zurück, strich dem Jungen über die Wange und sagte:

»Vor einiger Zeit habe ich beschlossen, nur noch mit Männern ins Bett zu gehen, die zum Frühstück Champagner trinken, und deswegen erscheint es mir konsequent, das ebenfalls zu tun.«

Schweigen. Nicht nur, weil Bruno nicht wusste, was er darauf erwidern sollte, sondern weil der Pianist zum zweiten Mal in dieser Nacht zu spielen aufgehört hatte. Sein Whiskyglas war schon wieder leer. Unverzeihlich. Bruno schnappte sich die Flasche und schenkte ihm äußerst großzügig nach, während er mit seinem schönsten Lächeln um Gnade flehte.

Drei Stücke später verließ die Gräfin die Piano Bar. Sie tat es mit der üblichen Eleganz. *Buona notte,* hauchte sie, hinterließ wie jeden Abend ein großzügiges Trinkgeld und durchquerte auf ihre unverwechselbare Art den Saal, rieb sich wie jeden Abend, wenn sie in der Mitte angelangt war, das Ohrläppchen und streifte ihre Pumps ab, wie der Soldat, der sich nach geschlagener Schlacht die Stiefel auszieht und sich zum Ausruhen in die Kaserne zurückzieht.

Als Bruno an diesem Abend abräumte und die Theke säuberte, wirkte der Pianist schweigsamer denn je. Er war nicht verärgert, das war es nicht, doch er wirkte abwesend, als wäre er in Gedanken viele Kilometer vom See entfernt. Bruno wusste, dass es nichts bringen würde, ihn zu fragen, was mit ihm los war; wenn er es wollte, würde er schon reden. Sie tranken schweigend, einsam, fanden Trost in der gegenseitigen Gesellschaft. Da nahm der Pianist einen großen Schluck, klopfte mit dem Glas auf die Theke, als erklärte er ein langes Kapitel für beendet, und sagte:

»Also, mein Junge, du bist jetzt nur noch ein paar Tage hier, der Sommer ist so schnell vergangen. Was hast du vor?«

Bruno nahm ebenfalls einen großen Schluck aus seinem Glas – von dem jungen Mann, der noch vor ein paar Wochen nach der zweiten Runde beschwipst gewesen war, war nichts mehr zu spüren.

»Keine Ahnung«, sagte er, »ich fühle mich ein bisschen verloren, aber vermutlich werde ich Ihren Rat befolgen.«

»Welchen Rat?«, fragte der Pianist.

»Den Sie mir neulich gegeben haben – dass es wichtig ist, Geld zu machen, dass sich mit Geld fast alle Probleme regeln lassen. Ich habe viel darüber nachgedacht, und ich glaube, Sie haben recht.«

»Sehr gut!«, rief der Pianist aus. »Der Junge sieht die Dinge realistisch, das müssen wir feiern. Noch ein Schluck, los!«

Sie stießen an.

»Und wohin willst du gehen?«, fragte der Pianist.

Bruno machte eine Handbewegung, die verdeutlichte, dass er für alles offen war.

»Was empfehlen Sie mir?«, fragte er.

Der Pianist wiegte den Kopf, lächelte und sagte:

»Die Sowjetunion, geh in die Sowjetunion.«

Dieses Land war für Bruno genauso normal oder seltsam wie jedes andere, obwohl er zugeben musste, dass ihm die Vorstellung gefiel, weil es viel exotischer anmutete als die Schweiz.

»Und wieso gerade dorthin?«, fragte er.

»Nun ja«, sagte der Pianist, »du kannst dorthin gehen oder auch in jedes afrikanische Land oder nach Afghanistan, keine Ahnung, wichtig ist, dass es ein zerstörtes, ein in Auflösung begriffenes Land ist, denn an solchen Orten hast du, wenn du clever bist, die besten Chancen, Geld zu machen. Es ist immer dasselbe, Länder, die zerfallen, bieten wunderbare Möglichkeiten, und die Sowjetunion löst sich gerade vor unseren Augen auf. Es ist also ein Land, in dem du anfangen kannst. Und falls du dich tatsächlich dafür entscheidest, kann ich dir eventuell helfen. Ich habe dort Verbindungen, weißt du.

Und da begann der Pianist *Kalinka, Kalinka* zu singen, während er sein Glas hob und mit seinen Erinnerungen anstieß.

Der Montag war sein freier Tag. Für gewöhnlich schlief Bruno aus, bis ihm das Herumwälzen im Bett zu viel wurde; er erledigte Dinge, machte vielleicht einen Spaziergang, zu viel mehr reichte es nicht. Da dies nun aber seine letzte Woche im Hotel und dieser Montag sein letzter freier Tag war, wollte er den Tag besonders begehen. Er stand sehr früh auf, weil er in einem Café im Stadtzentrum frühstücken wollte, das für seine köstlichen Croissants bekannt war. Zusammen mit einem guten Espresso oder Kakao brachten sie einen angeblich enorm in Schwung, und man begann den Tag königlich.

Es war noch nicht mal neun Uhr, als er an dem kleinen Platz in der Genfer Altstadt ankam, wo sich das Café befand. Es war ein strahlend sonniger, fast windstiller Tag. Also beschloss er, sich auf die Terrasse zu setzen, an ein rundes Tischchen in der Ecke, von wo aus man die Stadt überblicken konnte, die um diese Uhrzeit – wie konnte es anders sein? – mit der Präzision einer Schweizer Uhr lebendig wurde. Er setzte sich und wartete auf den Kellner, doch was dann passierte, entsprang keinem Plan und nicht einmal seinen kühnsten Träumen. Vor ihm stand Gräfin Alma Capogentile und lächelte ihn fröhlich an.

»Was für eine Überraschung, Bruno! Ich muss schon sagen, in dieser Straßenkleidung und ohne deine Hoteluniform hätte ich dich fast nicht erkannt.«

Er errötete, ein wenig nur, doch genug, um seine Wangen für einen Augenblick aufleuchten zu lassen. Sie bemerkte es und wollte den Jungen nicht weiter in Verlegenheit bringen. »Diese Kleidung steht dir viel besser«, sagte sie.

»Danke«, erwiderte er lächelnd und zeigte seine Grübchen.

Einen Augenblick lang herrschte Stille, irgendwie war die Situation absurd, und wieder musste sie das Schweigen brechen.

»Aber willst du mich nicht einladen, mich zu dir zu setzen? Soll ich etwa den ganzen Morgen hier vor dir stehen bleiben?«

Bruno sprang wie von der Tarantel gestochen auf, etwas tollpatschig, doch zumindest schnell. Er warf sogar aus Versehen seinen Stuhl um und stammelte eine Entschuldigung: »Verzeihen Sie bitte, Frau Gräfin.« Sie lachte und nahm den angebotenen Stuhl dankend an.

»Eigentlich sitze ich immer auf der anderen Seite. Von dort aus hat man nämlich einen besseren Überblick über den Platz und die Leute, die vorbeikommen. Es ist schon interessant, was man so alles lernen kann, wenn man Leute beobachtet; es ist irgendwie, als würde man auf Safari gehen, auf eine Safari in der Stadt, aber eben doch eine Safari.«

»Kommen Sie oft hierher?«, fragte Bruno.

»Nicht so oft, wie ich vermutlich sollte«, sagte sie, »wenn man bedenkt, dass ich die Besitzerin bin.«

»Oh, das wusste ich gar nicht …«, murmelte Labastide. »Jetzt verstehe ich auch, warum Sie nicht jeden Tag im Hotel frühstücken.«

»Nun, das ist eines der Geschenke, die mir mein verstorbener Gaetano gemacht hat, er hat wirklich alles bestens geregelt für mich.«

»Das tut mir leid«, sagte Bruno, »ich wusste nicht, dass Sie Witwe sind.«

Sie lächelte, strich Bruno zärtlich über die Wange, wobei sie seinen Mundwinkel streifte, und sagte:

»Mach dir keine Sorgen, *caro*, das ist schon so lange her, dass ich mich gar nicht mehr daran erinnere. Jetzt geht es darum, zu leben.«

Die Kellner brachten Tassen mit duftendem Kakao, dampfendem Kaffee und frischgebackene Croissants vorbei, die aussahen, als würden sie einem auf der Zunge zergehen. Einer von ihnen, er schien der Dienstälteste zu sein, trat an ihren Tisch, begrüßte die Dame mit einer unterwürfigen Geste und fragte, ob er ihr das Übliche bringen dürfe, worauf sie einfach nur nickte. Dann wandte er sich an Labastide und fragte:

»Und der Herr, was wünscht der Herr zu trinken?«

Bruno lächelte, sah die Gräfin augenzwinkernd an und sagte:

»Der Herr trinkt Champagner.«

Abschiede sind stets seltsame Augenblicke. Sie sind geprägt von einer Nostalgie gegenüber dem Erlebten, nicht Wiederholbaren, von der Aufregung angesichts der ungewissen Zukunft, der neuen Vorhaben und der kommenden Abenteuer. Auch von dem Glück über die Freunde, die wir gewonnen haben, und von der Melancholie, die uns unweigerlich überfällt, wenn etwas zu Ende geht, wenn ein Kapitel unseres Lebens abgeschlossen wird.

Pünktlich und diesmal wieder in tadelloser Erscheinung betrat der Pianist die Bar, grüßte, legte seine Partituren ab, zog sich die Handschuhe aus und die Finger lang, krack-krack, trank den ersten Schluck Whisky und sprach mit lauter, feierlicher Stimme:

»Dieses erste Lied widme ich meinem jungen Freund Bruno Labastide, der morgen das Hotel verlassen wird und dem ich viel Erfolg und Glück wünsche. Und ein langes Leben!«, fügte er noch hinzu, als bereits die ersten Noten von *Ojalá que te vaya bonito*, Hoffentlich ergeht es dir gut, von José Alfredo Jiménez erklangen.

Kurz darauf kam, von der Musik wie von einem Zauber angezogen, die Dame. Sie war jeden Abend strahlend schön gewesen, doch an diesem hatte ihre Schönheit etwas Erhabenes, so zumindest erschien es Bruno. Und doch war sie schlichter gekleidet denn je: eine weiße Bluse mit hochgekrempelten Ärmeln, Jeans, das Haar hochgebunden, kein einziger Edelstein, kein einziges Schmuckstück. Nichts.

Ihre Haut war weich und dunkel, warm – hatte sie sich am Nachmittag gesonnt?, fragte sich Bruno – und verströmte ein frisches, reines Aroma, das eine Welle schwer zu beschreibenden Wohlbehagens um sie herum auslöste.

Die Bar war heute belebt wie nie. Neue Gäste waren gekommen, die der junge Kellner noch nie gesehen hatte, ohne Zweifel Menschen, die nur so vorbeischauten und nicht im Hotel wohnten, nur einen angenehmen Abend hier verbringen wollten. Es ist heller als sonst, dachte Labastide. Und das stimmte tatsächlich, denn endlich einmal war jemand auf die Idee gekommen, die kaputten Glühbirnen zu ersetzen.

Ohne jede Zurückhaltung beginnt der Pianist ein provokatives Spiel mit der Dame, verschlingt sie mit den Augen und den Liedtexten. Sie lässt es zu; die Andeutungen des Pianisten scheinen sie nicht zu stören, *Fly me to the moon*, wispert sie, als vom Klavier her die Melodie dieses schönen Songs von Bart Howard erklingt, Nimm mich mit zum Mond oder wohin immer du willst, denkt Bruno, der das Schauspiel von der anderen Seite der Theke aus verfolgt, während er ein paar Gin Tonics zubereitet.

Diesmal versäumt er es nicht, das Whiskyglas des Pianisten mehrmals zu füllen; er bedient neue Kunden und lauscht einigen Liedern, ehe Gräfin Alma Capogentile auf ihre übliche extravagante Art den Salon verlässt. Nur dass diesmal alles anders läuft. Sie unterschreibt wie jeden Abend ihre Rechnung, doch diesmal gibt sie kein großzügiges Trinkgeld. Sie blickt Bruno tief in die Augen, lächelt und lässt einen Schlüssel auf der Theke liegen, Zimmer 324.

»Beeil dich, *caro,* ich warte auf dich«, sagt sie und reibt an ihrem Ohrläppchen.

Und in diesem Augenblick passiert es; der Pianist vom See, den die eben vernommenen Worte durcheinanderbringen, spielt erstmals in seinem Leben eine falsche Note.

Das schwarze Gold von Tscheljabinsk

Damals wohnten fast alle Ausländer, die es geschafft hatten, ein Visum für Moskau zu bekommen, im Hotel Intourist. Es war ein Koloss aus Zement und Glas, hässlich und unansehnlich, ein merkwürdiger Klotz, der eigentlich nur über einen Vorteil verfügte: Es waren nur drei Schritte bis zum Roten Platz und zum Kreml. In seinem Inneren eine große, nahezu leere Eingangshalle, ohne Möbel. Aber mit Personal, viel Personal, das eher wie Dekoration wirkte, weil man ihm offensichtlich keinerlei Aufgabe zugewiesen hatte. Also stellte sich Bruno, der sich mit Hotels auskannte, auf ein langwieriges Einchecken ein, bei dem er Formulare ausfüllen und ein ums andere Mal seine ganzen Unterlagen würde vorzeigen müssen.

Fünfundvierzig Minuten später war er schließlich in seinem Zimmer angelangt: im achten Stock, klein und spartanisch wie eine Mönchszelle. Erschöpft von der langen Reise, beschloss er, eine ausgiebige Dusche zu nehmen und sich dann ins Bett zu legen. Doch aus dem Wasserhahn kam kein einziger Tropfen. Nichts. Auf dem Nachttisch stand ein großes olivgrünes Telefon aus Plastik, das wie ein Spielzeug wirkte. Mal sehen, ob es funktioniert, dachte er und wählte die Nummer der Rezeption. Nach viermaligem Läuten vernahm er die Stimme der Rezeptionistin.

»Hallo, in meinem Zimmer gibt es kein Wasser, es kommt einfach nichts aus den Hähnen.«

»Ja«, war die Antwort, »das ist normal.«

»Normal?«, rief Bruno aus.

»Sie sind im achten Stock, und manchmal reicht der Wasserdruck nicht bis nach oben, das hängt davon ab, wie viele Menschen in den anderen Zimmern den Wasserhahn aufgedreht haben oder ob die Rohre eingefroren sind. Da gibt es viele Faktoren.«

Labastide traute seinen Ohren nicht.

»Das heißt, weil ich im achten Stock bin, habe ich weniger Chancen, Wasser aus der Leitung zu bekommen, als wenn ich, sagen wir mal, im zweiten wäre?«

»So ist es«, erwiderte die Rezeptionistin ungerührt.

Bruno beschloss, nicht zu diskutieren und den praktischsten Weg zu wählen.

»Okay, dann möchte ich ein Zimmer im zweiten Stock«, sagte er.

»Das geht nicht«, antwortete die Stimme der Rezeptionistin, »Sie haben bereits ein Zimmer zugeteilt bekommen.«

»Aber ich will ein anderes!«, schrie Bruno.

»Wollen Sie zwei Zimmer haben?«

»Nein, ich will nur eines, aber mit Wasser!«

»In Ihrem Zimmer gibt es Wasser, mein Herr, in jedem Zimmer gibt es Wasser.«

Das brachte Labastide vollends auf die Palme.

»Aber in meinem gibt es keines, kommen Sie doch hoch und vergewissern Sie sich.«

»Sie verstehen mich nicht, mein Herr«, sagte die Rezeptionistin. »In Ihrem Zimmer gibt es auch Wasser, nur vielleicht nicht in diesem Augenblick.«

»Ach ja, wunderbar!«, rief Bruno aus. »Und wann kommt es?«, fragte er.

»Das weiß ich nicht, Sie sollten darauf achten.«

»Darauf achten? Auf was? Wollen Sie, dass ich den ganzen Abend vor dem offenen Wasserhahn sitze und darauf warte, dass Wasser kommt?«, brüllte Labastide, völlig außer sich.

»Das ist eine Möglichkeit«, sagte die Rezeptionistin trocken, »aber es gibt auch andere, und welche Methode Sie letztlich wählen, ist Ihre Sache.«

Erschöpft und geschlagen legte er auf und warf sich aufs Bett. Das war absurd, eine kafkaeske Welt.

»Willkommen in der Sowjetunion«, so begrüßte ihn Kolya am nächsten Tag grinsend und vollführte eine feierliche Armbewegung dazu. »Hier funktioniert nichts. Außer du hast Geld, klar, denn dann läuft wundersamerweise alles wie geschmiert. Aber das ist vermutlich überall so, oder?«

Kolya war um die fünfzig, groß wie ein sibirischer Bär, mit dem Schnauzer eines Walrosses und zur Bürste geschnittenem, vollem Haar. Er hatte kleine Augen, aus denen die Blicke wie Wurfpfeile hervorschnellten.

Kolya war der Kontakt, den der Pianist vom See Bruno vermittelt hatte.

»Er schuldet mir ein paar Gefallen, aber ich werde sie nicht mehr einlösen können«, hatte der Pianist geheimnisvoll gesagt. »Deshalb scheue dich nicht, sie in meinem Namen einzulösen, die Welt ist schließlich nichts weiter als eine große Bank der Gefallen, und ich habe dort was gut.«

Bruno fragte sich, ob der Pianist nach dem letzten Abend in Genf auch noch zu diesen Worten gestanden hätte. Er glaubte fest daran, dass das der Fall war, dass der Pianist ein großzügiger Mensch war, der die menschlichen Leidenschaften verstand. Andernfalls hätte er es niemals gewagt, nach Moskau zu reisen und Kolya zu kontaktieren.

»Ist Kolya die Verkleinerungsform von Nikolai?«, fragte Bruno naiv.

Der Russe warf ihm einen vernichtenden Blick zu.

»Du stellst zu viele Fragen.«

Bruno wurde rot.

»Zu viele? Aber es war doch die erste, die ich gestellt habe.«

Der andere heftete seine Pfeil-Augen auf Bruno und spießte ihn damit auf.

»Dann musst du lernen, dass in dieser Branche eine Frage schon viel ist. Hier hört man zu, beobachtet, schließt Geschäfte ab und hält den Mund. Und kassiert das Geld. Je weniger du von allem anderen weißt und je weniger die anderen über dich wissen, desto besser. *Quid pro quo*«, sagte der Russe angeberisch, einen völlig unpassenden lateinischen Ausspruch verwendend.

Bruno, der sich die ganze Zeit überlegt hatte, was ihn an diesem Typen so störte, erkannte schließlich, was es war: Die ganze Unterhaltung über hatte er auf einem Zahnstocher herumgekaut.

Schließlich holte Kolya aus einer dieser Sporttaschen, die Jahre später in den reichen Staaten des Westens zu superteuren Vintage-Liebhaberstücken werden sollten, ein Päckchen heraus und legte es auf den Tisch.

»Ich … das … nein«, stammelte Labastide jämmerlich.

»Du wirst sie brauchen«, sagte Kolya. »Früher oder später braucht man sie in dieser Branche.«

In diesem Augenblick traf der junge Bruno Labastide eine Entscheidung, der er sein Leben lang treu bleiben sollte: niemals eine Feuerwaffe zu benutzen. Und das war sicher eine der intelligentesten Entscheidungen, die er je traf.

Kolya steckte das Päckchen mit der Pistole und die beiden Schachteln Kartuschen, die er auf den Tisch gelegt hatte, wieder in die Sporttasche und zuckte verständnislos mit den Achseln. »Du wirst schon sehen«, murmelte er, hin- und hergerissen zwischen Erstaunen und Verachtung.

Er hatte Bruno in einen kleinen Kunsthandwerksladen in der Arbat-Straße bestellt. Und dort stand er nun in einem durch einen Vorhang abgetrennten Hinterzimmer, während draußen Deko-Artikel und Abbildungen orthodoxer Ikonen verkauft wurden. Als Bruno Jahre später, aus Gründen, die nichts mit dieser Geschichte zu tun haben, nach Moskau zurückkehrte, erkannte er nichts wieder. Die Arbat-Straße hatte sich zu einem langweiligen Touristenmarkt gewandelt, auf dem es nur Billigwaren *Made in China* gab, die man überall sonst auf der Welt auch finden konnte.

Mit klaren Instruktionen machte er sich auf den Weg zurück ins Hotel. Es war ein ordentlicher Fußmarsch. Unterwegs kam er durch eine Straße, wo er eine lange Schlange von Menschen erblickte; Frauen, fast alle sehr betagt, mit Kopftüchern. Es war Winter und schrecklich kalt, doch die Frauen standen dort mit leeren Taschen oder Einkaufswägelchen und warteten auf etwas. Bruno beschloss, sich eine Zigarette anzuzünden und zu beobachten, was passieren würde.

In diesem Augenblick kam ein Lastwagen angefahren, nicht übermäßig groß, eher ein Lieferwagen, die Heckklappe wurde geöffnet, und Essen wurde verteilt. Die Frauen – von denen einige vermutlich stundenlang bei Minus-Temperaturen gewartet hatten – nahmen Gemüse, ein wenig Obst oder ein paar Büchsen Räucherhering entgegen. Sie bezahlten mit ihren wenigen, abgegriffenen Rubeln und zogen glücklich mit der ergatterten Ware von dannen. Bruno verstand dieses

System nicht recht, verstand nicht, warum alte Mütterchen und Hausfrauen diese langen Schlangen bilden mussten, um einzukaufen. Er verstand es erst, als er einen Lebensmittelladen betrat. Dort gab es nichts, es war unglaublich, nichts als leere Regale. In einem davon, ganz hinten, entdeckte Bruno ein einsames Stück Käse, das aussah, als wollte man damit Mäuse in eine Falle locken.

Er nutzte den Spaziergang, um sich die Stadt anzusehen, trotz der Kälte, und das half ihm, die mit Kolya geführte Unterredung klarer zu analysieren und abzuwägen, ob sich das Risiko, das er eingehen würde, wirklich lohnte. Er war im Begriff, eine Schwelle zu überschreiten, hinter der es kein einfaches Zurück mehr gab.

Als er schließlich im Hotel angelangt war, begab er sich schnurstracks zum Fahrstuhl. Er hatte seine Lektion gelernt und wusste, es wäre zwecklos, an der Rezeption in Erfahrung bringen zu wollen, ob es schon fließendes Wasser im Badezimmer gab. Also drückte er auf den Aufzugsknopf, doch diesmal leuchtete kein Licht auf. Der Lift gab keinerlei Lebenszeichen von sich.

»Er ist kaputt«, erklärte ihm in schlechtem Englisch ein anderer, soeben hereingekommener ausländischer Gast, ein schmieriger Typ mit Pomade im Haar. »Sie werden wohl zu Fuß gehen müssen«, fügte er hinzu. »Mir macht das nichts aus, mein Zimmer liegt im zweiten Stock.«

Dann hat dieser Mistkerl auch noch Wasser, dachte sich Bruno und hätte diesen reizenden Idioten am liebsten auf der Stelle stranguliert.

Als Labastide schließlich keuchend und mit hängender Zunge im achten Stock ankam, dachte er sich als Erstes, dass er mehr Sport machen musste; es war nicht normal, dass er in seinem Alter so schnell schlappmachte. Dann erblickte er die Etagenwärterin – so zumindest nannte er sie –, eine seltsame Frau mit hochtoupiertem Haar, die den ganzen Tag nichts anderes tat, als wie ein patrouillierender Polizist durch die Flure zu wandeln. Als er gerade nach dem Schlüssel suchte, vernahm er zu seiner Überraschung jedoch eine aufreizende Stimme hinter sich. Sie gehörte zu einer blonden, ausgesprochen hübschen jungen Frau mit übermäßig rotgeschminkten Lippen, die nur sehr spärlich gekleidet war, gerade genug, um nicht wegen Erregung öffentlichen Ärgernisses verhaftet zu werden.

»Lädst du mich auf dein Zimmer ein, mein Hübscher?«, fragte sie in rudimentärem Englisch.

Die Etagenwärterin oder Aufpasserin oder Spürhündin, was auch immer, erhob sich von ihrem Stuhl und entfernte sich, um den beiden etwas Privatsphäre zu gewähren. So weit geht also die Korruption, dachte Bruno. Da musste er an die Frauen in der Schlange vor dem Lebensmittellieferwagen denken, die einen stillen Streit ausgefochten hatten, um ein bisschen Essen nach Hause mitbringen zu können, und sein Urteil fiel weniger streng, sondern eher mitleidig aus. Fest stand auf jeden Fall, dass dieses System pervers war.

Er lächelte liebenswürdig und schüttelte den Kopf: »Nein danke. Ich wünsche dir eine gute Nacht.« Als die Frau die zarte Schönheit des jungen Mannes erkannte und die Grübchen in seinen Wangen sah, rief sie aus:

»Bitte, lass mich rein, ich mach es dir auch gratis, wenn du willst.«

Doch Bruno hatte die Tür bereits hinter sich geschlossen und war in Gedanken schon ganz woanders.

Am nächsten Tag verließ Bruno, Kolyas strenge Instruktionen befolgend, Moskau und fuhr nach Sankt Petersburg, oder vielleicht sollte man es besser Leningrad nennen, denn damals stand der Name dieser historischen Stadt noch nicht eindeutig fest.

Er nahm den Nachtzug, den »Roten Pfeil«, und kam, als es gerade hell wurde, an seinem Ziel an. Praktisch eingefroren – denn in Leningrad war es noch kälter als in Moskau – verließ er den Bahnhof, und das Erste, was er sah, war eine riesige Lenin-Büste am Bahnhofsportal. Lenin in Leningrad oder Lenin in Sankt Petersburg – selbst wenn darüber keine Klarheit bestand, so gingen doch beide Namen auf jeweils einen absurden Namenspatron zurück.

Der große Newski-Prospekt erstreckte sich vor ihm wie ein Flussbett, an dessen Ufern das Leben pulsierte, Menschen, die den Kopf gesenkt hielten, in warmer Kleidung, um die schneidende Kälte zu überleben, kleine Geschäfte zu beiden Seiten, die ihre spärlichen Waren verkauften. Dann die Prachtbauten und Palais, die diese Stadt zu einer der schönsten Europas machten, die Vielzahl der Kanäle, die Newa, das beeindruckende Gebäude der Eremitage, Höhepunkt des ungewöhnlichen Schlossplatzes.

Fasziniert lief Bruno durch die Straßen und sog die Schönheit der Stadt in sich auf, obwohl er eigentlich vorgehabt hatte, sich als Erstes ein Hotelzimmer zu suchen, in dem er sich ausruhen und den Tag verbringen konnte. In einer kleinen, an einem Kanal endenden Straße fand er schließlich eines, direkt neben der Kirche des Vergossenen Bluts. Sogar der Name der Kirche erschien Labastide faszinierend, und er wurde sich erstmals bewusst, dass er nun endlich diese Art von Abenteurerleben führte, von dem er immer geträumt hatte.

Doch in den Träumen vom Abenteurer- oder Prinzessinnenleben kommt nie die Kälte vor, die einem die Nase gefrieren lässt, und auch nicht der Hunger, der die Eingeweide zerfrisst, ebenso wenig Müdigkeit, Erschöpfung, Schmutz, Zahnschmerz oder Diebe und Banditen an der nächsten Straßenecke. Und dennoch wog das freie Leben dies alles wieder auf, weil es bedeutete, lebendig und Herr über sein Schicksal zu sein.

Die Verabredung, die Kolya für ihn ausgemacht hatte, sollte noch am selben Abend stattfinden. Er hatte ihm die Adresse auf ein Zettelchen geschrieben, ein diskreter Ort, etwas abseits des Zentrums, hatte er ihm gesagt. Bruno suchte ihn auf dem Stadtplan und fragte ein paar Menschen, die nur ein paar entschuldigende Worte stammeln konnten, doch da man mit Fragen immer ans Ziel kommt, brachte er schließlich in Erfahrung, wie er dorthin gelangte. Er nahm einen Oberleitungsbus und stieg an der sechsten Haltestelle aus. Danach lief er ungefähr fünfzehn Minuten durch ein bescheidenes Viertel und fand schließlich das Haus, das er suchte.

Als er es erblickte, war seine Verblüffung groß: Es war eine Sauna. Labastide lief die Straße auf und ab, überprüfte jede Tür und jede Hausnummer – vielleicht lag ja ein Irrtum vor –, doch die Adresse schien zu stimmen. Also trat er ein und fragte nach Herrn Alexiew, dem Menschen, mit dem er sich treffen sollte.

»Er erwartet Sie bereits drinnen«, hieß es.

Bruno war verwirrt und im Zweifel, ob er wirklich weitergehen sollte. Den Zweifel zerstreute ihm dieser Mann an der Empfangstheke jedoch gleich wieder.

»Das macht fünf Rubel«, sagte er und hielt ihm ein Handtuch hin.

Bruno gelangte in eine schlichte Umkleidekabine, in der man bereits die Wärme spürte, was bei diesem kalten Wetter und in dieser Jahreszeit sehr angenehm war. Er kleidete sich Schicht für Schicht aus, wie wenn man eine Zwiebel schält, und betrat schließlich, das Handtuch um die Hüfte gewickelt, die Sauna. Alexiew winkte ihn zu sich heran, und Bruno setzte sich neben ihn.

»Wie haben Sie mich erkannt?«, fragte Bruno.

Alexiew lächelte.

»Man muss Sie nur anschauen, dann sieht man schon von weitem, dass Sie nicht von hier sind und sich unwohl fühlen. Außerdem hat Kolya Sie mir beschrieben, er hat mir gesagt, Sie seien jung – aber dass Sie so jung sind, hätte ich nicht gedacht«, fügte er noch hinzu.

Labastide errötete und zuckte mit den Schultern, als wollte er sich für sein Alter entschuldigen.

»Und warum haben Sie mich hierher bestellt?«, fragte er, um das Schweigen zu brechen. »Das ist ein etwas merkwürdiger Ort, oder?«

Alexiew sah ihn streng an.

»Du stellst zu viele Fragen«, sagte er, und Bruno erinnerte sich daran, diese Worte vor ein paar Tagen bereits aus Kolyas Mund vernommen zu haben.

»Ich habe Sie hierher bestellt«, fuhr Alexiew fort, »weil dies der einzige Ort ist, an dem ich mir sicher sein kann, dass meine Besucher keine Waffen dabeihaben, und auch keine Aufnahmegeräte, um mich später zu erpressen. Außerdem hält es bei diesen Temperaturen keiner lange hier aus, dadurch verlaufen die Treffen schneller und direkter.«

Das leuchtete Bruno durchaus ein, der nach der Kälte draußen die Wärme und den Schweiß, der ihm jetzt den Rücken hinabrann, sehr genoss.

Alexiew erklärte ihm die Einzelheiten des Jobs. Als er damit fertig war, schwieg Bruno und überlegte.

»Eins verstehe ich nicht«, sagte er schließlich. »Wenn die Ware aus Tscheljabinsk kommt, das im Süden liegt, warum schaffen wir sie dann hier im Norden, fast am Polarkreis, außer Landes?«

Alexiew sah ihn lächelnd an.

»Darauf gibt es eine ganz einfache Antwort, mein lieber Labastide, wir schaffen die Ware im Norden außer Landes, weil die Grenzer, die wir bestechen müssen, hierher versetzt wurden. Ich kann Ihnen versichern, sollten sie morgen nach Wladiwostok versetzt werden, werden wir unsere Route ändern und die Ware über den Fernen Osten außer Landes schaffen. Sich innerhalb der Landesgrenzen zu bewegen ist kein Problem, die Frage ist, wie man über die Grenze kommt, und da zählen die Kontakte, nicht der Ort.«

Darum ging es also, um Kaviar und Kaviarschmuggel. Aber Schmuggel von falschem Kaviar. Die Büchsen des echten Belugas, des schwarzen Goldes vom Kaspischen Meer, wurden mit einem Surrogat gefüllt, das zwar auch aus Störeiern bestand, aber von unendlich viel schlechterer Qualität war. Diese Büchsen schaffte man dann außer Landes und verkaufte sie als echte Ware – zu horrenden Preisen, gemessen an den tatsächlichen Herstellungskosten des Produkts.

»Und das merken die Kunden nicht?«, fragte Labastide. »Kriegen sie nicht mit, dass sie keinen echten Beluga, sondern einen billigen Ersatz essen?«

Alexiew brach in schallendes Gelächter aus.

»Mein lieber, naiver Freund«, sagte er. »Du kannst dir gar nicht vorstellen, wie viele Reiche ohne jegliche Klasse, ohne Geschmack, Bildung und Feingefühl es auf dieser Welt gibt. Was die interessiert, ist die Verpackung, das Etikett und das Echtheitssiegel, und dass sie sagen können, es ist der beste Kaviar der Welt, der kaum zu kriegen ist, weil er nicht exportiert wird und sie deshalb viel Geld dafür hinblättern mussten. Alles andere ist denen ziemlich egal, sie könnten nicht mal einen Stör von einem Seebarsch unterscheiden.«

Bruno lächelte. Solchen Leuten war er in seinem Pariser Hotel auch begegnet.

»Dasselbe gilt für den Wein«, fuhr Alexiew fort, »darin seid Ihr Franzosen ja Experten, ihr produziert ein paar wunderschöne Flaschen mit Wappenschildern und Wappenlilien drauf, fertigt superedle Etiketten an, gebt den Weinen pompöse Namen, Château irgendwas, Marquis Soundso, und dann wird er verkauft. Und manchmal taugt der Inhalt, der drin ist, überhaupt nichts.«

»Das ist ungerecht«, erwiderte Labastide und kehrte sein französisches Herz hervor, »in meinem Land gibt es sehr gute Weine.«

»Ohne Zweifel«, sagte Alexiew, »aber es gibt auch ein anderes Kriterium, nämlich den Preis. Sieh mal, Bruno, wenn man einem dieser Reichen ohne Geschmack einen tiefroten billigen Fusel in einer eurer schönen Flaschen vorsetzt, diesem den Namen eines schönen Schlosses gibt, ihn für ordentliches Geld verkauft und sagt, er sei in dem *Maison* Soundso mit hundertjähriger Kellereitradition abgefüllt worden, ein Jahrgang mit nur ganz wenigen Flaschen – womit man durchblicken lässt, dass der Reiche ohne Geschmack privilegiert ist, weil er einen Teil dieses Jahrgangs erwerben darf –, weißt du, was dann passiert? Er wird, wenn er ihn vor seinen Freunden probiert, sagen: Mmmh, ausgezeichnet, absolut überzeugend im Abgang.«

»Das heißt, er kratzt im Hals«, sagte Labastide lachend.

»Genau«, antwortete Alexiew.

»Aber sie behaupten, dass er ihnen schmeckt, weil man ihnen das eingeredet hat«, fuhr Bruno fort, »wie beim Placebo-Effekt.«

»Das ist kein schlechter Vergleich«, gab der Russe zu, »eine Mischung aus Placebo-Effekt, Ignoranz und Hochmut, würde ich sagen.«

»Ja. Und beim Kaviar ist es dasselbe.«

»Da ist es noch schlimmer, denn Wein kriegt man schließlich überall, aber Kaviar, den guten und echten, den findet man nur ganz selten, mein Freund, und nur wenige Leute haben ihn probiert und können den Unterschied schmecken. Deshalb ist in unserem Fall alles noch viel einfacher.«

»Und wer sind die Kunden?«

»Es sind so viele, dass wir die Nachfrage gar nicht befriedigen können, deswegen brauchen wir dich. Es ist von allem was dabei: afrikanische Diktatoren, europäische Schiffsbauer, amerikanische Börsenspekulanten, Neureiche ... Und dann die Araber mit ihren Petrodollars, die Banker. Es gibt mehr Märkte, als wir beliefern können, aber zu groß dürfen wir auch nicht werden, denn wenn wir uns zu sehr ins Blickfeld rücken, könnte uns das in Schwierigkeiten bringen. Die Habgier darf uns nicht blind machen, sonst riskieren wir, dass alles den Bach runtergeht.«

»Die Habgier zerreißt den Sack«, sagte Bruno.

»Wie bitte?

»Ach, nichts, das ist nur so ein Sprichwort, das mir hier sehr passend erscheint«, erwiderte Labastide.

Da schlug Alexiew ihm kräftig auf die Schulter und sagte:

»Für heute ist es genug, sonst kommen wir hier drin noch um.«

Er öffnete eine Tür, die auf einen nicht überdachten, vollständig verschneiten Innenhof führte, riss Labastide mit einem Ruck das Handtuch herunter, während er gleichzeitig sein eigenes fallen ließ, schubste den Jungen in den Hof, und dann wälzten sich die beiden wie Eisbären im Schnee.

Tscheljabinsk entpuppte sich als merkwürdige Stadt, als geschichtsloser Ort, nur zwei Jahrhunderte alt, weshalb es auch nicht besonders attraktiv war. Der Bau der Transsibirischen Eisenbahn, dieser Zugstrecke, die den ganzen Kontinent durchquerte und Tscheljabinsk zu einer wichtigen Station machte, hatte das Leben in der Stadt völlig umgekrempelt und ein unverhältnismäßiges, planloses Wachstum ausgelöst. Aber das passierte damals in vielen Ländern. Im Schatten der Transsibirischen Eisenbahn hatten sich zahlreiche Schwerindustrien, Gewerbebetriebe, aber auch Unternehmen der Lebensmittelverarbeitung angesiedelt. Der Kaviar wurde vom Kaspischen Meer gebracht, in Tscheljabinsk verarbeitet und abgefüllt, und deshalb begann dort auch der erste Teil der Unternehmung. Brunos Arbeit bestand darin, die Ware in einem lebensmittelverarbeitenden Betrieb abzuholen, wo sie bereits mit allen Güte- und Echtheitssiegeln versehen worden war, und sie dann nach Leningrad zu bringen. Von dort schaffte er sie im Zug nach Helsinki außer Landes. Der Zug hieß Sibelius, wie der große Komponist; und wahrscheinlich empfand Labastide seine Reise darin wie himmlische Musik, wenn er durchs Fenster auf die wunderschöne, melancholische Landschaft blickte, dazu ein Gläschen trank und sich ausrechnete, wie viel Geld ihm jede dieser Operationen einbrachte.

Ungefähr ein Jahr lang überquerte Bruno Labastide immer

wieder die Grenze und schaffte Tausende von Büchsen des besten falschen Kaviars der Welt außer Landes. Er hatte bereits einen ordentlichen Batzen Geld beisammen, genug, um sich ein wenig Erholung an einem wärmeren Ort zu gönnen und etwas von der Welt zu sehen, denn das war schließlich sein Hauptanliegen. Außerdem wurde die Schmuggeltätigkeit mit der Zeit langweilig, weil es kaum noch Spannung oder unvorhersehbare Risiken gab. Die bestochenen Zöllner zählten fast schon zur Familie, und man konnte die Maschinerie relativ einfach am Laufen halten, indem man großzügig bei der Verteilung war oder gelegentlich auch mal einen neuen Vorarbeiter anwarb, der es mit der Wahrung seiner Kontrollaufgaben zu streng nahm.

So entschied Labastide eines schönen Tages, dass es an der Zeit für eine Luftveränderung sei. Er sprach mit Kolya und Alexiew und übertrug seine Aufgaben nach und nach an andere. Mit einem gutgespeisten Bankkonto stieg der gutaussehende, unabhängige junge Mann schließlich ins Flugzeug, um ein paar Tage auf der Insel Capri zu verbringen.

Dort, im Golf von Neapel, fand er sofort Zugang zur High Society, die auf wunderschönen Felsen über dem Meer residierte. Und es gelang ihm ohne große Mühe, zu der mondänen Feier eingeladen zu werden, die ein reicher Mailänder Unternehmer anlässlich seines Geburtstags gab. Brunos Ehrgeiz war es, einen »Triple Crown« zu landen, wie er es nannte, nämlich diesen Typen auszunehmen, seine Frau zu verführen und ungeschoren davonzukommen.

»Meine Liebe, darf ich dir den jungen Bruno Labastide vorstellen, einen reichen Erben aus einer der besten Familien Québecs, der gerade ein paar Tage hier auf Capri verbringt.«

Bruno küsste der Dame die Hand und richtete seinen Blick ungehörig lange auf sie. Der Ehemann, der nicht begriff, was da direkt vor seiner Nase ablief, sagte zu Labastide:

»Mein Freund, nehmen Sie doch ein Kaviar-Canapé, es ist echter Beluga vom Kaspischen Meer, der teuerste, den es auf dem Markt gibt, und zudem sehr schwer zu kriegen.«

Bruno brauchte ihn gar nicht erst zu probieren, er sah es gleich an der Farbe und an der Beschaffenheit. Freundlich lächelnd schüttelte er den Kopf, entschuldigte sich mit fehlendem Appetit und sagte, während er der Dame tief in die Augen blickte:

»Die gnädige Frau und ich nehmen einen Champagner.«

Der Traumjäger

Erstmals habe ich von dem »Traumjäger« in dem kleinen Ort San Lucas Tolimán gehört, der am Ufer des Atitlán-Sees gelegen ist. Erzählt hat mir die Geschichte ein ausgemergelter, verhutzelter alter Mann mit dunkler Haut und traurigem Blick. Er war sehr klein, und das Alter und die Arthrose hatten ihn noch mehr schrumpfen lassen, sodass er nun wie eine Art Puppe wirkte.

Er war nach traditioneller Art gekleidet: großer, breitkrempiger Hut, Hosen bis knapp übers Knie, Freizeithemd und offene Sandalen. Er qualmte unentwegt, und die Rauchspiralen, die aus seinem zahnlosen Mund aufstiegen, erinnerten mich an die Vulkane, die uns umgaben und mit ihrem weißen Ausstoß gelegentlich sogar die Wolken täuschten.

Der Alte redete ziemlich lange, ohne eine einzige Pause, als zöge er einen Rattenschwanz von Wörtern hinter sich her. Er tat es auf Zutuhil, einer präkolumbinischen Sprache, von der ich kein einziges Wort verstand.

»Spricht er keine andere Sprache?«, fragte ich Jonás, den jungen Mann, der dort in diesem Land mein Fahrer und Fremdenführer war.

Jonás wechselte ein paar Worte mit dem Alten.

»Er sagt, er spricht auch Katchakel, *Sire*«, antwortete Jonás.

»Lass gut sein, dann übersetzt du mir lieber.«

Und so erzählte der Alte mir also die Geschichte vom »Traumjäger«. Diese mysteriöse Figur streifte offensichtlich schon lange durch den Altiplano. Wenige Menschen hatten ihn gesehen, doch alle hatten sie von ihm gehört und kannten seine Geschichte. Seine Vorgehensweise war simpel: Eines schönen Tages, ohne dass irgendjemand gewusst hätte, weshalb, stellte er sich einem vor, fragte einen, wovon man träumte, stieg wie ein Jäger auf der Suche nach Beute den Berg hoch, kam bald darauf wieder und verwirklichte einem den Traum.

»So einfach?«, fragte ich.

Der Alte wartete, bis Jonás meine Frage gedolmetscht hatte, verzog sein Gesicht zu einer Grimasse, die nach einem Lächeln aussah, nahm einen langen Zug an seiner Zigarette und redete weiter.

Der Traumjäger stellte sich nie mehr als einer Person gleichzeitig vor, niemand konnte ihn rufen oder seine Dienste anfordern; er selbst entschied, wann und wo er erschien. Und er »jagte« nur einen Traum pro Person. War seine Mission erfüllt, erschien er nicht mehr bei dem Begünstigten.

Der Alte sagte, der Traumjäger treibe sich in der Nähe des Sees, in den Bergen und in der Ebene herum, was ein unermesslich großes Gebiet sei. Das war das Wort, das der Alte – laut Jonás' Übersetzung – verwendete: »unermesslich«.

»Was heißt für ihn ›unermessliches‹ Gebiet?« Ich sah Jonás an, damit er es übersetzte.

Sie wechselten ein paar Worte.

»Alles, was weiter entfernt ist. Der Alte ist nie aus diesem Dorf rausgekommen«, übersetzte Jonás.

Es wehte eine frische Brise, jenes Lüftchen, das zum Abend hin abkühlt und den ganzen Staub, die Sonne und die Erschöpfung des Tages mit sich zu nehmen scheint. Und manchmal sogar die schwarzen Wolken und die Angst, die

Traurigkeit und die Einsamkeit, aber das ist bestimmt nur Einbildung.

»Mögen Sie eine Zigarette?«, fragte ich den Alten.

Er streckte die Hand aus und nahm gleich zwei. Danach sagte er etwas.

»Er sagt, Sie haben ein sehr hübsches Zigarettenetui«, übersetzte Jonás.

Mein altes silbernes Zigarettenetui, in Wahrheit die einzige Erinnerung, die mir an meine Exfrau noch geblieben war. Sie hatte es mir mal zum Geburtstag geschenkt, in einer dieser Phasen, in denen wir naiv glaubten, die Liebe würde für immer währen und wir würden uns niemals trennen, Zeiten, in denen wir uns ewige Liebe schworen. Die Scheidung war wie ein Tornado gewesen, hatte mein ganzes früheres Leben durcheinandergewirbelt und mich verloren, desorientiert und weit abgeschlagen zurückgelassen. Und zudem ohne einen Heller. Doch dieses silberne Zigarettenetui begleitete mich überallhin, und sei es auch nur aus Gewohnheit.

Mehr Informationen aus dem Alten herauszubekommen war schwierig. Zwar stellten wir ihm noch ein paar Fragen, sie blieben aber unbeantwortet, und das war es dann. Als ich mich schon verabschieden wollte, erzählte der Alte plötzlich doch noch eine ganze Menge. Ich sah Jonás an und wartete darauf, dass er es für mich übersetzte.

»Das Großväterchen sagt, Sie sollen zum Markt von Chichicastenango gehen, denn dort erzählt man sich die Geschichten vom Traumjäger, so oder so.«

»So oder so?«, wiederholte ich verdattert.

»Verzeihen Sie, *Sire*«, antwortete Jonás, »das Letzte habe ich nicht ganz verstanden.«

Der Alte lächelte, hob die Hand zum Gruß und erklärte unsere Begegnung für beendet. Als er sich langsam und gebeugten Schrittes entfernte, hielt er noch einmal inne, drehte sich zu mir um und sprach noch etwas.

»Er sagt, er wünscht Ihnen viel Glück und dass Ihre Träume sich erfüllen mögen, und er sagt auch, dass Sie ihn, wenn Sie aus Chichicastenango zurück sind und den Traumjäger immer noch nicht gefunden haben, besuchen sollen, er würde Sie gerne wiedersehen und Ihnen helfen.«

Die fest auf mich gerichteten Augen dieses alten Mannes, den ich gerade kennengelernt hatte, sein Lächeln und die freundlichen Worte beeindruckten mich sehr. Deshalb sagte ich, bevor er endgültig verschwand, ziemlich laut »Warten Sie bitte«, und das musste Jonás nicht übersetzen. Ich ging zu dem Alten, der dort stehen geblieben war, gebückt und auf einen Stock gestützt, der eher wie ein Trommelschlägel aussah, und schenkte ihm lächelnd mein Zigarettenetui.

»Ich möchte es Ihnen gern schenken, als Beweis für meine Dankbarkeit«, sagte ich.

Der Alte ließ den Stock los, nahm das Etui mit beiden Händen, drehte es einmal um, dann noch einmal, machte es auf, schloss es wieder, zählte die Zigaretten, die noch drin waren, und küsste es schließlich, ehe er es in seine Hemdtasche steckte. Er sagte ein paar Worte, die ich nicht verstand, die aber keiner Übersetzung bedurften. Jonás bestätigte es mir hinterher, Vielen Dank, mein Sohn, mögest du viel Glück haben, möge Gott dich segnen, und derlei mehr.

Am Abend auf dem Dorfplatz, als ich mir eine neue Schachtel Zigaretten gekauft hatte und ein Bier der Marke Gallo trank, fühlte ich mich erstmals seit Jahren wieder gut. Mich von diesem Zigarettenetui zu trennen war Teil des letzten Kapitels einer Geschichte, unter der ich lange gelitten hatte: die Erinnerung an die verlorene Liebe, an die verlorene Stabilität, das verlorene Glück, die Erinnerung an ihre Anwälte und ihre Grausamkeit, an einen Menschen, den ich nicht mehr als das bewundernswerte Wesen sehen konnte, an das ich Jahre zuvor Herz und Seele verloren hatte und das mir nun mein Geld und meine Ruhe raubte.

Ich rief Jonás herbei.

»Zu Diensten, *Sire.*«

»Ist morgen Markttag?«

»Ja, Señor, wie jeden Donnerstag.«

»Sehr schön, dann brechen wir morgen nach Chichicastenango auf.«

»Wie Sie befehlen, Patron.«

Jonás war ein junger Mann, kaum älter als zwanzig, obwohl er viel älter wirkte. Seine hagere Statur, das pickelige Gesicht und das pechschwarze Haar mit dem Bürstenschnitt ließen ihn wie ein Skelett in Kleidern erscheinen, als befände sich unter seinem Hemd und seiner Hose nichts als Knochen. Er war sehr schweigsam, sprach nie über sich, wenn man ihn nicht fragte, war aber ausgesprochen hilfsbereit und tüchtig. Ich hatte ihn zufällig auf der Plaza de Armas von La Antigua getroffen. Er saß auf einer Parkbank, still, und tat ganz offensichtlich nichts. Ich meine, er sah nicht so aus, als würde er ausruhen oder nachdenken oder auf jemanden warten, auch nicht, als würde er lesen wollen oder sich sonnen oder Zuflucht im Schatten suchen, all diese Dinge, die man tun kann, wenn man auf einer Parkbank sitzt. Er wartete auch nicht auf den Bus, begleitete nicht seine Freundin oder irgendwelche Kinder oder eine alte Frau. Er verkaufte nichts, dealte nicht, prostituierte sich nicht, schrieb keine

Gedichte. Ohne etwas zu tun, saß er da, wie er an jedem anderen Ort auch hätte dasitzen können, und ließ die Zeit verstreichen.

Ich näherte mich ihm.

»Guten Tag«, sagte ich, »ich werde ein paar Tage in dieser Gegend zubringen und suche jemanden, der mir als Fremdenführer und Übersetzer für die einheimischen Sprachen dient, könnten Sie mir vielleicht jemanden empfehlen?«

Er sah mich lange an, mit diesen irgendwie überraschten und gleichzeitig verschleierten Augen.

»Das würde ich sehr gerne selbst machen, *Sire*«, sagte er. »Natürlich nur, wenn Sie mich nehmen.«

»Alles klar, abgemacht. Morgen früh geht es los. Komm zu diesem Hotel«, sagte ich und reichte ihm eine Visitenkarte, »pünktlich um acht.«

»Ich werde da sein, *Sire*. Auf Wiedersehen.«

Und dann blieb er auf der Bank sitzen, ohne auszuruhen oder zu meditieren oder auf jemanden zu warten, ohne zu lesen oder sich zu sonnen oder Zuflucht im Schatten zu suchen, ohne auf den Bus zu warten oder Freundinnen, Kinder oder Alte zu begleiten, ohne zu dealen oder sich zu prostituieren oder irgendwas zu verkaufen. Ohne Verse zu schreiben. Er blieb einfach dort sitzen und ließ die Zeit verstreichen. Er hatte mich nicht gefragt, wie viel ich ihm bezahlen würde, und auch nicht, wie viele Tage wir weg sein würden, nicht, welches das Ziel meiner Reise sei oder an welche Orte wir fahren würden. Er fragte mich nicht, wer ich war und was zum Teufel ich, dieser vierzigjährige Gringo, in Guatemala machte. Eigentlich fragte er mich gar nichts, aber am nächsten Tag wartete er pünktlich zur vereinbarten Zeit am Hoteleingang.

Erst da wurde mir bewusst, dass der junge Mann zwar nichts über mich wusste, ich aber genauso wenig über ihn. Er konnte verrückt sein oder ein Mörder oder, schlimmer noch, ein Trottel oder eine Nervensäge. Aber um das herauszufinden, war es leider schon zu spät. Doch dann kam mir ein viel prosaischerer Zweifel.

»Du kannst doch Auto fahren, oder?«

»Ich glaube schon, *Sire*.«

Nun, dachte ich, dann soll es so sein. Ich gab ihm die Schlüssel für den Geländewagen, den ich gemietet hatte.

»Du wirst nämlich auch mein Chauffeur sein.«

»Wie Sie wünschen, Patron.«

Wir setzten uns ins Auto. Nichts passierte, er rührte sich nicht. Ich wartete noch einen Augenblick ab. Nichts.

»Nun fahr doch mal los, Junge!«, rief ich aus.

»Sie haben mir doch noch nicht gesagt, wohin Sie fahren wollen, *Sire*«, antwortete er.

Dumm war der Junge nicht. Aber er funktionierte nach einer bestimmten Logik: Ich musste ihm jeden Schritt vorgeben. Seine so ernste – und gleichzeitig so kluge – Antwort löste bei mir ein Lächeln aus, ein Lächeln, das bald zu einem Lachen und schließlich zu schallendem Gelächter wurde. Das fängt ja gut an, dachte ich.

»Okay, mein Junge, wie heißt du?«

»Jonás, *Sire*, Gott zu Diensten und Ihnen auch.«

Wir fuhren los in Richtung Atitlán-See, weil ich Stoff für ein Buch sammeln wollte, das ich gerade schrieb. Es ging darum, verschiedene Legenden, die man sich in Mittelamerika erzählte und von Generation zu Generation weitergab, in einem Sammelband zu vereinen. Es war ein Projekt, an dem ich schon eine Weile saß und das ich aus vielerlei Gründen immer wieder verschoben hatte. Aber kurioserweise war die Scheidung, die mir so viel Schaden zugefügt und alles durcheinandergewirbelt hatte, der Zündfunken gewesen, der diese Idee neu entfacht hatte.

»Heißt du Jonás wegen des Wals?«, fragte ich.

»Im Atitlán-See gibt es meines Wissens keine Wale, *Sire.*«

Und ähnlich liefen alle Unterhaltungen mit Jonás ab.

Die Geschichte des alten Mannes und der Traumjäger faszinierte mich. Allein der Gedanke an die Existenz einer magischen Figur, die durch die Dörfer und Berge streifte und Gutes tat, traurige oder müde Menschen suchte, arme Menschen, denen das Leben übel mitgespielt hatte, um ihnen dann einen ihrer Träume zu erfüllen, wenigstens einen, erschien mir wie eine wundersame poetische Gerechtigkeit. Und wenn es diese Persönlichkeit wirklich gab, wollte ich sie kennenlernen.

So verließen wir also an jenem Donnerstag bei Sonnenaufgang San Lucas Tolimán in Richtung Chichicastenango, wo einer der ältesten und meistbesuchten Märkte ganz Amerikas abgehalten wurde. Wir hatten zwar kaum Anhaltspunkte, doch zumindest gab es einen Ort, an dem wir beginnen konnten.

»Jonás, warst du schon mal auf dem Markt?«

»Auf welchem Markt, *Sire?*«

»Na, auf welchem wohl, auf dem von Chichicastenango.«

»Nun ja, das ist nicht der einzige Markt, den es hier gibt, *Sire,* und deswegen habe ich Sie mit allem Respekt gefragt …«

»Ich weiß, ich weiß.« Der Junge brachte mich noch zur Verzweiflung. »Also, warst du dort oder nicht?«

»Das muss ich wohl leider verneinen, *Sire*, aber mir scheint, dass ich ihn heute kennenlernen werde.«

Die Straße nach Chichicastenango ist eine Achterbahn, die die steilen Hügel einer wie geschnitzt wirkenden Landschaft hinauf- und wieder hinunterführt. Der Reisende hat das Gefühl, als ginge es niemals voran, als wäre er gefangen in einer endlosen Spirale, die ihn im Zickzack-Kurs schließlich an denselben Ort zurückbringt. Endlich erblickten wir von einer Anhöhe aus die Stadt. Sie war in einen weißen Nebel gehüllt, der nicht dicht genug war, um die Gebäude vor unseren Blicken zu verbergen, und er verlieh diesem Ort etwas Magisches und Irreales.

Auf der Strecke waren wir immer wieder Menschen aus den umliegenden Dörfern begegnet, die zum Markt unterwegs waren, um Waren zu verkaufen oder zu kaufen oder zu tauschen oder um einfach nur den Tag dort zu verbringen.

Es war noch sehr früh, doch auf dem Markt herrschte bereits ein reges Treiben. Ein Meer aus Plastik hüllte die Straßen ein. Es waren Planen, die die Händler zum Schutz ihrer Waren aufgespannt hatten. Zu kaufen gab es alles Mögliche: traditionelle Kleidung, Seifen, Obst, Holzschnitzereien, Stoffe, Taschen, elektronisches Gerät, Gemüse, Messer, Kerzen, Tabak, Bohnen, Blumen, billigen Silberschmuck, Hühner … alles kreuz und quer durcheinander und überlagert von einem penetranten Weihrauchgeruch.

Auf den Stufen der alten Kirche lag das Herzstück des Marktes, wo offenbar die Alteingesessenen ihre Plätze hatten, die sie bestimmt schon von den Großeltern der Großeltern ihrer Großeltern geerbt hatten, seit nämlich diese alte Plaza de Armas zum wichtigsten Handelspunkt dieses Erdteils geworden war.

Ich fand, das sei ein guter Ort, um mit meinen Recherchen zu beginnen. Also setzte ich mich unter den Säulenvorbau eines Kirchenportals, zündete mir eine Zigarette an (es war ungewohnt, sie direkt aus der Schachtel und nicht aus dem Etui zu nehmen), bot Jonás eine an und beobachte das Ritual des Kaufens und Verkaufens, diesen Tausch von abgegriffenen Geldscheinen, das Feilschen und die letztliche Einigung.

Bekleidet mit dem traditionellen *Huipil*, auf dem Kopf ein Hütchen, ordnete eine alte, in geduckter Hockstellung dasitzende Frau ein ums andere Mal die Früchte, die sie zu verkaufen hatte.

»Sie ist noch nicht so alt«, sagte Jonás, »bestimmt höchstens vierzig.«

»Glaubst du, sie spricht Spanisch?«

»Das bezweifle ich, *Sire*.«

»Meinst du, du verstehst ihre Sprache?«

»Ich glaube schon, *Sire*, es sei denn, sie ist eine verkleidete Chinesin.«

Jonás' Sinn für Humor …

Wir traten zu der alten oder auch nicht ganz so alten Frau, kauften ein paar Früchte, wechselten ein paar Höflichkeitsfloskeln, und als ich das Gefühl hatte, wir hätten ihre Sympathie gewonnen, bat ich Jonás, sie nach dem Traumjäger zu fragen. Die alte – oder auch nicht ganz so alte – Frau wurde nachdenklich. Sie kaute ein wenig auf ihrem Kautabak herum, zog die Schultern hoch und begann zu sprechen:

»Sie sagt«, übersetzte Jonás, »dass sie vielleicht von ihm gehört hat, vielleicht aber auch nicht, dass es möglich ist, dass diese Person, die Sie erwähnt haben, existiert und dass man sie, wenn sie existiert, auch hier in der Nähe finden kann, aber dass sie genauso gut auch nicht existieren oder an einem anderen Ort existieren kann oder Sie sich im Ort oder in der Geschichte geirrt haben, denn sie ist nur eine arme Alte, die jede Woche aus ihrem kleinen Dorf auf diesen Markt kommt, um ihr Obst zu verkaufen, und dass sie sonst nicht viel weiß, weshalb sie Seine Herrschaft um Entschuldigung bittet.«

Ich fragte mich, ob Jonás' Übersetzungen wirklich wörtlich waren oder nicht doch eine ordentliche Portion Eigenanteil enthielten.

»Und mehr hat sie nicht gesagt?«

»Ach, doch, entschuldigen Sie, *Sire*, sie hat noch gesagt, wenn Sie ihr ein paar Mandarinen mehr abkaufen, dann macht sie sie ein bisschen billiger.«

Wir schlenderten weiter über den Markt, ein wenig ziellos, und ich ließ mich von dem Kaleidoskop der Farben, der vielfältigen Gerüche, Geschmäcker und Kontraste dieses belebten Ortes berauschen, der aber kurioserweise nicht sehr laut war, als wollte der Nebel, der sich nun langsam lichtete, dieses pulsierende Leben vor der realen Welt verstecken.

Die Stände waren außerordentlich vielfältig. Gelegentlich traf man auch auf eine verirrte Touristengruppe, die fotografierte, als ginge es um ihr Leben. Sie sahen alle gleich aus: Outdoor-Kleidung, Wasserflasche in der Hand (müssen sie ständig so viel trinken, dass sie nicht ohne Wasserflasche auskommen?, fragte ich mich), Kamera, Hut oder Mütze und Sonnenbrille.

»Was hältst du vom Tourismus, Jonás?«

»Nun ja, es kommt darauf an, *Sire*, aber im Prinzip denke ich nichts darüber.«

»Aber stören sie dich? Oder findest du sie gut, weil sie ihr Geld hierlassen?«

»Ja, manche schon, andere nicht, *Sire*; die, die sich gut benehmen und Geld dalassen, stören mich nicht, weshalb sollte ich das leugnen?«

»Jonás, darf ich dich mal was fragen?«

»Selbstverständlich, *Sire*.«

»Warum nennst du mich ›*Sire*‹, wo hast du das her?«

»Nun ja, *Sire*, das habe ich vor Jahren einmal in einem Film gesehen. Es war ein Abenteuerfilm aus einem fernen Land, und die Herren wurden immer *Sire* genannt, deshalb nenne ich Sie so, aber wenn Sie das stört, tue ich es nicht mehr, *Sire*.«

»Ist schon gut, Jonás, nenn mich, wie du willst.«

»Danke, *Sire*.«

Ich begann Jonás liebzugewinnen. Sein stoisches, nach außen hin völlig emotionsloses Verhalten, seine kindliche, aber unanfechtbare Logik und seine stets gelassene Art machten mich neugierig und weckten gleichzeitig eine große Zärtlichkeit in mir. Ich nahm mir vor, ihn an diesem Abend zum Essen einzuladen und zu versuchen, etwas über ihn und sein Leben zu erfahren. Doch zunächst hatten wir eine andere Mission zu erfüllen, nämlich den Traumjäger zu suchen, oder zumindest eine Spur, die uns zu ihm führen könnte.

Während wir uns so über den Markt treiben ließen, entdeckten wir einen kuriosen Typen. Er zählte eindeutig zur Sorte Markt-Scharlatan; an jeder Ecke zog er sein kleines Schauspiel ab, wofür er ein bestimmtes Terrain absteckte, dann in der Mitte einen unförmigen Sack fallen ließ und schließlich in eine Art Megaphon sprach, das den Ton eher verzerrte als verstärkte. Sein Vortrag war eintönig wie eine Litanei. Natürlich verstand ich absolut nichts außer dem einen oder anderen auf Spanisch geäußerten Wort wie beispielsweise »*mami chula, mami guapa*«, tolle Mami, hübsche Mami. Und offensichtlich waren sie es, die Mütter, an die er seine Botschaft richtete, denn rasch formierte sich ein Kreis von Landfrauen um ihn herum.

Der Scharlatan fuhr mit seiner Leier fort und versuchte, so viele Zuschauer wie möglich anzulocken. Als er schließlich eine einigermaßen akzeptable Menge um sich versammelt hatte, atmete er tief durch, stellte sich in die Mitte des kleinen abgesteckten Platzes und sprach in mystischem, geheimnisvollem Ton ein paar Worte. Dann nahm er den Sack, hob ihn hoch und schüttete seinen Inhalt aus. Ein staunendes »Oh!« erscholl aus den Mündern der Umstehenden. Auf dem Boden wanden sich vier glänzende Schlangen.

»Sind sie giftig?«, fragte ich Jonás.

»Wer, *Sire?*«

»Die Schlangen, Jonás, die Schlangen.«

»Nun, das kommt darauf an, *Sire*, es gibt solche und solche.«

»Ich meine die hier, du Esel.« Er trieb mich schon wieder zum Wahnsinn.

»Nun, diese werden es wohl sein, *Sire*.«

Die Schlangen schlängelten sich um sich selbst, während der Scharlatan mit seiner hochtrabenden, monotonen Rede fortfuhr. Mit einem langen, am Ende wie ein H zugeschnittenen Stock nahm er sie hoch und ließ sie anschließend wieder fallen, zeigte sie dem Publikum, das sich sichtlich ängstigte, hob und senkte sie, fuchtelte mit der anderen Hand wild herum, riss seine Augen auf, bis sie fast aus den Höhlen sprangen, und setzte dann seinen apokalyptischen Vortrag fort.

Auf einmal holte der Scharlatan ein paar Gläschen hervor. Sie waren klein, weiß und mit einem zerrissenen, schlecht klebenden Etikett versehen. Er reihte sie auf einer hölzernen Klappbank auf, die die Requisiten seines Schauspiels vervollständigte.

Dann nahm er eines der Gläschen in die eine Hand und packte mit der anderen, flink wie eine Echse, eine der Schlangen. Erneut erscholl ein kollektives »Oh!« aus den Kehlen der Versammelten. Der Scharlatan nahm die Schlange zwischen zwei Finger, drückte kraftvoll auf ihren Hinterkopf, damit sie ihr Maul aufsperrte und ihre spitzen Eckzähne zeigte, wobei sie sich unaufhörlich wand. Dann erbat er sich Ruhe und näherte die Schlange, während er die Spannung bis zum Äußersten trieb und wie ein echter Profi mit der Stimmung und der Dramatik spielte, langsam seinem Arm und ließ sich beißen.

Eine Frau im Publikum fiel in Ohnmacht, andere schrien auf, Kinder applaudierten, und der Scharlatan verdrehte die Augen, bis nur noch das Weiße zu sehen war. Er schien in Trance zu verfallen. Da erst ließ er die Schlange los, nahm eines der weißen Gläschen, schmierte ein wenig Salbe auf die Wunde und trank einen Schluck. Zwei Minuten, zwei endlos lange Minuten verhaltener Spannung, der Scharlatan nach wie vor in Trance, mit aus den Höhlen quellenden Augen, ausgestreckten Armen … und auf einmal:

»Es ist geschafft!«, rief er aus, »das Gegengift hat mich geheilt.«

»Ein Wunder ist geschehen!«, schrie eine der Frauen. »Geben Sie mir drei Gläschen, ich bitte Sie bei Gott!«

»Na, dann wollen wir mal sehen«, sagte der Scharlatan, »ich habe zwar einen ordentlichen Vorrat, aber ob es für alle reicht, weiß ich noch nicht.«

Und dann begann der Wahnsinn. Die Frauen fuchtelten

mit ihren Geldscheinen in der Luft herum, bettelten um ein Gläschen von diesem Wundermittel und stießen sich gegenseitig in die Rippen, um an die Arznei zu kommen. Inzwischen hatte der Scharlatan die Schlangen wieder in den Sack gepackt und begann, Dutzende von Gläschen seiner unglaublichen Medizin auszugeben. Dabei redete er weiter in diesem Mix aus verschiedenen Sprachen, von dem ich nur »tolle Mami, hübsche Mami« verstand. Und die Mamis gingen ihm hingebungsvoll auf den Leim und investierten ihr bisschen Erspartes in dieses Wundermittel.

»Das ist ein Trick, Jonás, diese Schlange war gar nicht giftig, man hat ihr die Giftdrüsen rausgenommen.«

»Ich verstehe nichts von Drüsen, *Sire*, weil ich nicht einmal weiß, was das ist.«

»Die Frau, die ›Wunder!‹ geschrien hat, als Allererste, die steckt natürlich mit dem Scharlatan unter einer Decke.«

»Frauen stecken immer mit jemandem unter einer Decke, *Sire*, schwierig wird es nur, wenn sie sich gegen einen selbst verbünden.«

»Da hast du recht, Jonás.«

Ich wartete, bis der Scharlatan all seine Ware verkauft hatte. Nachdem er sich sehr hatte bitten lassen und es fast zu einem öffentlichen Tumult gekommen wäre, willigte er ein, noch ein paar weitere Gläschen herauszurücken, wenngleich er es als großes Opfer darstellte. Aber weil er es mit einem so treuen Publikum zu tun habe, sei er bereit, eine Ausnahme zu machen und anderen Gemeinden die Chance auf diesen begehrten Nektar zu verwehren – was soll's, so ist das Leben, liebes Publikum.

Als er gerade seine ganze Ausrüstung – die hölzerne Klappbank, den Koffer mit den Gläschen, das Megaphon und den Sack mit den Schlangen – wieder einsammelte, starrte ich auf seine Arme. Sie waren voller kleiner Narben von den harmlosen, ungiftigen Bissen dieser traurigen, etwas angestaubt wirkenden Schlangen.

Wie ich vermutet hatte, half ihm die Frau, die »Wunder!« gebrüllt hatte, beim Einsammeln der Sachen und Schnüren des Seesacks.

Ich stellte mich ihm vor und versuchte, möglichst respektvoll und höflich aufzutreten.

»Guten Tag, Ihre Show hat mich beeindruckt, was für eine Wirkung! Wenn es Ihnen nichts ausmacht, würde ich Ihnen gern ein paar Fragen stellen.«

Er sah mich misstrauisch an, und einen Augenblick lang hatte ich den Eindruck, als wollte er flüchten.

»Nein, nein, bitte, verstehen Sie mich nicht falsch«, entschuldigte ich mich. »Ich bin weder von der Polizei noch vom Gesundheitsamt, nichts dergleichen. Eigentlich hat das, was ich Sie fragen möchte, gar nichts mit Ihrer Arbeit zu tun … oder mit Ihrem Geschäft, wie immer Sie es nennen wollen.«

Da erst schien er ein wenig ruhiger zu werden. Er atmete tief durch, wechselte in einer Sprache, die ich nicht verstand, die aber slawisch für mich klang, ein paar Worte mit der jungen Frau und reichte mir die Hand.

»Es freut mich, Sie kennenzulernen. Mein Name ist Sultán.«

»Sultán, ein seltsamer Name. Ist das ein Künstlername?«

»Künstlername oder echter Name, was spielt das für eine Rolle? Aber wenn er Ihnen nicht gefällt, dann nennen Sie mich, wie Sie wollen, was weiß ich, José Carlos oder Alexander oder besser Dimitri, wie immer Sie mögen, mir ist alles recht.«

»Verzeihen Sie, ich wollte Sie nicht beleidigen. Können wir uns also ein paar Minuten unterhalten, Sultán?«

»Natürlich, und wenn Sie mich dazu auf ein Gläschen einladen, löst sich meine Zunge noch besser.«

Also gingen wir vier, der Scharlatan, sein Mädchen, Jonás und ich in eine Kneipe, die im ersten Stock eines mitten auf dem Markt befindlichen Kolonialgebäudes lag.

Sultán, oder wie immer dieser Mensch, der mit Sicherheit schon oft Namen und Identität gewechselt hatte, hieß, kannte die Gegend gut. Er erzählte uns, dass er bereits seit vielen Jahren in Mittelamerika lebe, aber häufig die Stadt, das Dorf, den Markt wechsele und, sofern möglich, auch das Land. Sein Geständnis erstaunte mich kein bisschen, denn es ist bestimmt nicht einfach, davon zu leben, arme und unwissende Menschen zu betrügen. Gleichzeitig begriff ich, dass ich nicht das Recht hatte, ein solches Verhalten zu verurteilen; ich kannte die Umstände nicht, hatte zu wenig Hintergrundinformation. Vielleicht war das ja das große Übel unserer Zeit, dass alle sich berechtigt fühlen, über alles zu urteilen, über alles eine Meinung zu haben, ohne auch nur einen Bruchteil der Fakten zu kennen – wie der hochmütige Seemann, der den Eisberg missachtete und eigentlich gar nicht wusste, was unter dem Wasser lag.

Sultán stellte sich als netter Kerl heraus, als einer dieser Menschen, die ständig über ein schlaffes Seil balancieren, der geborene Überlebenskünstler. Ich fragte ihn nach dem Traumjäger. Er blickte mich starr an, als würde er gleich wieder in Trance verfallen und erneut seine Show abziehen. Dann sprach er:

»Wäre es nicht wirklich wunderbar, wenn eine solche Figur existieren würde?«

»Aber haben Sie von ihm gehört? Gibt es etwas, das Sie mir erzählen können?«, fragte ich.

»Sehen Sie, mein lieber Herr«, erwiderte er und hielt einen Augenblick inne. »Würde es Ihnen etwas ausmachen, mir noch ein Gläschen zu bestellen?«

Ich stimmte zu, man brachte ihm ein Glas, und er sprach weiter.

»Diese Geschichten erzählt man sich in dieser Gegend seit Urzeiten«, sagte er, »und eigentlich habe ich sie auch schon andernorts gehört. Es mag zwar sein, dass dieses Wesen existiert und durch die Dörfer und über die Märkte streift, aber gewiss ist auch, dass ich es noch nie gesehen habe. Oder meinen Sie etwa, ich würde immer noch diese Medizin verkaufen, wenn mir jemand meine Träume erfüllt hätte?«

Die Frau, der Lockvogel seines Geschäfts und bestimmt seine derzeitige Partnerin, war eine Blondine mittleren Alters, etwas mollig und mit traurigem Gesichtsausdruck. Sie pflichtete Sultán bei, wenn dieser sprach, und obwohl sie sicher nicht alles guthieß, was er sagte, hatte ich doch den Eindruck, dass es dieses Mal von Herzen kam.

Ich lud ihn sogar noch zu einem dritten Glas ein, ehe wir uns verabschiedeten.

»Und rufen Sie mich an, wenn Sie ihn finden«, sagte Sultán, »mich kotzt dieses Schaustellerdasein wirklich an.«

Er reichte mir erneut die Hand, frank und frei, eine Verabschiedung unter Männern, bei der er mir in die Augen sah.

»Das werde ich tun«, sagte ich. »Viel Glück, mein Freund.«

Er leerte sein Glas, zwinkerte mir zu und griff nach dem Arm seiner Freundin.

»Sultán, entschuldigen Sie, eine letzte Frage«, rief ich ihm noch hinterher.

Er wandte sich um, setzte sich den Hut auf, ließ den Arm der Frau los und sah mich an.

»Fragen Sie, mein Freund.«

»Woraus besteht die Salbe, die Sie verkaufen?«

Er senkte den Kopf und bewegte ihn dann ein paarmal hin und her, während sich ein albernes Lächeln auf seinem Gesicht breitmachte.

»Sie werden es nicht glauben«, sagte er, »es ist nur Wasser, mein Freund, Seewasser. Wasser, mit Zahnpasta vermischt, damit es dicker wird. Sie sehen, ein völlig unschädliches Mittel, und nebenbei noch gut für die Gesundheit ... und für das Gebiss.«

Er zog den Hut, grüßte und verschwand, lauthals kichernd, am Arm der Blondine.

»Das ist ein gutes Mittel gegen Pickel, *Sire*«, sagte Jonás.

»Aber Jonás, warum wendest du es dann nicht an? Wenn du doch das ganze Gesicht voller Pickel hast?«

»Sie müssen wissen, Patron, bei mir zu Hause gab es nie Zahnpasta.«

Jonás, dieses dunkelhäutige Skelett in Kleidern, mit Pickelgesicht und Bürstenschnitt, Philosoph des Absurden, entwaffnete einen. Ich blieb meinem Vorsatz treu und lud ihn zum Abendessen ein.

Wir bekamen einen ruhigen Tisch in den Kolonnaden zugewiesen, die den Innenhof unseres Hotels säumten, eines weißen Gebäudes im Kolonialstil, Symbol für die Touristen, die den Markt besuchten. Wir bestellten Obstsalat, Fisch, Reis und auch ein wenig Fleisch und Huhn, wenn ich mich recht entsinne. Und da erzählte mir Jonás seine Geschichte.

Jonás war in einem winzigen Dorf in den Bergen, nahe der mexikanischen Grenze, geboren. In einem sehr armen, aber friedlichen Dorf, das nur aus ein paar Strohhütten auf einem Hügel, einem halben Dutzend Ziegen, ein paar Hühnern, Landwirtschaft für den Eigenbedarf und sonst nichts bestand. Kein Strom, kein fließendes Wasser, keine Heizung, keinerlei Anzeichen von dem, was wir Fortschritt und Zivilisation nennen. Seine Erinnerungen an die Kindheit waren glücklich. Er ging nicht zur Schule, weil es keine gab, aber seine Mutter brachte ihm Lesen und Schreiben bei. Doch als Jonás erstmals hinunter in die Stadt kam, verstand er nichts von dem, was um ihn herum geschah.

Sein Vater war fast den ganzen Tag unterwegs, um etwas für die Vorratskammer aufzutreiben. Sagen wir, er war Jäger, Kleinbauer, Hausierer, Händler oder was immer sich ergab. Ein gertenschlanker Indio, der stets nur in dem Dorf gelebt und nach nichts anderem gestrebt hatte, als jeden Tag den Abend zu erleben und sich in Ruhe seine Zigarette anstecken zu können. Ein Weiser, sagte Jonás.

Seine Mutter hingegen war weitaus unsteter. Sie hatte ebenfalls keine richtige Ausbildung und auch keinen besonderen Ehrgeiz, aber sie hatte als Kind eine Weile in einem Kloster gelebt, wo man sie dreierlei Dinge gelehrt hatte: Lesen und Schreiben und die Kirche zu fürchten. Ständig sprach sie zu ihren Kindern von der Gottesfurcht und der drohenden Apokalypse, die sie sehr erschreckte und im Kloster das große Thema gewesen war. Aber weder Jonás noch seine Schwestern nahmen das sonderlich ernst.

Jonás hatte nämlich zwei Schwestern, die beide älter waren als er, das Nesthäkchen. Eine war aufgeweckt und etwas pummelig und träumte gern von anderen Welten. Irgendwann gehe ich in die Stadt, pflegte sie zu Jonás zu sagen, was diesem recht fremd in den Ohren klang.

Die andere war ernsthafter, gediegener. Sie war zudem im heiratsfähigen Alter und begann sich um ihre Zukunft zu sorgen. Im Dorf gab es nur zwei junge Männer in ihrem Alter, aber beide erschienen ihr wenig attraktiv. Trotzdem flirtete sie mit beiden und versuchte, ihr Schicksal zu erfragen, indem sie die Blütenblätter einer Margerite abzupfte.

Jonás half zu Hause mit, machte Feuer, holte Wasser aus der Quelle, sammelte Holz. Wenn er konnte, entwischte er mit den anderen Kindern aus dem Dorf und jagte Eidechsen oder verfolgte Tierfährten.

Das einzige Buch, das es im Haus gab, war die Bibel, eine alte und billige Ausgabe, die seine Mutter aus dem Kloster mitgebracht hatte. Darin fand sie den Namen für ihren einzigen Sohn, Jonás. Sie liebte klangvolle Namen mit »J« und »R«, runde Namen, sagte die Frau, mein Sohn muss einen runden Namen haben. Also überlegte sie, ihn Job zu nennen, die spanische Entsprechung für Hiob, doch der Vater war dagegen. Das klingt so unvollkommen, als würde etwas fehlen, sagte er. Dieses Etwas war eine Silbe, aber der gute Mann wusste gar nicht, was Silben waren.

»Dann eben Jacob«, sagte die Mutter.

»Und warum nennen wir ihn nicht José?«, fragte der Vater.

»Lass uns einmal darüber schlafen, und morgen entscheiden wir.«

Sie gingen zu Bett. In dieser Nacht schlief die Mutter schlecht, hatte Albträume und halluzinierte. Mitten in der Nacht nahm sie ihre alte Bibel zur Hand und schlug sie auf irgendeiner Seite auf, nur um sich zu zerstreuen. Und das erste Wort, das sie las, war »Jonás«. Da wusste sie, dass so ihr Sohn heißen würde: Jonás.

Das Leben verlief friedlich im Dorf, jeder Tag war wie der

vorherige und nicht viel anders als der darauffolgende. Es kam der Regen, und es kam die Trockenzeit, die Ernten brachten ihre spärlichen Früchte ein, und stets gab es Eier und ein wenig Milch. Das war alles, wonach diese guten Menschen trachteten.

Doch eines schlimmen Tages kamen ein paar riesige metallene Vögel vom Himmel herab. Zunächst erschraken die Dörfler sehr, hatten sie doch nie etwas Derartiges erblickt, zumal diese Vögel ordentlich Krach machten und viel Luft aufwirbelten.

Die Hubschrauber landeten auf der Hochebene, direkt zwischen den Strohhütten. Den Bäuchen dieser metallenen Vögel entstiegen bis an die Zähne bewaffnete Soldaten in Tarnuniformen, mit Helmen, Stiefeln, kugelsicheren Westen, ihren obszönen Waffen, Messern, Pistolen und Sturmgewehren.

Sie ließen niemanden am Leben und töteten alle, die sie fanden. Sie vergewaltigten die Mädchen – darunter Jonás' Schwester im heiratsfähigen Alter – und verpassten ihnen hinterher einen Genickschuss. Jonás' Mutter war wie gelähmt, als sie die Soldaten kommen und ihre Tochter vergewaltigen sah. Die Apokalypse, sagte sie. So stand es geschrieben. Und sie bekreuzigte sich, gerade noch rechtzeitig, ehe der Kolben eines Sturmgewehrs brutal ihren Kopf traf. Ob sie an dem Schlag starb oder in ihrer Hütte den Flammen zum Opfer fiel, hat man nie erfahren.

»Sagt euren kommunistischen Freunden, dass wir alles plattmachen!«, schrie einer, der diese ganze Meute anzuführen schien.

Aber es war keiner mehr übrig, der irgendetwas hätte weitererzählen können; sie hatten sie alle umgebracht. Nur ein schmaler, scheuer Junge mit dem Gesicht voller Pickel hatte sich retten können, weil er nicht im Dorf war, als die metallenen Vögel kamen. Als er den Lärm vernahm, rannte er nach Hause, doch das Schicksal wollte es, dass er, ehe er dort ankam, dieses Schlachtfeld der Gewalt und Zerstörung erblickte.

Seltsam, dass die Zerstörung vom Himmel kommt, dachte Jonás. Das kann nur die Hölle sein, so wie das brennt. Die Mutter hat es ja immer gesagt, und sie hatte recht, die Alte, es musste so kommen.

Die Milizen schossen wahllos ins Unterholz, für den Fall, dass noch irgendjemand am Leben wäre. Eine dieser Kugeln hätte um ein Haar Jonás' Kopf weggefegt, löste stattdessen aber einen ordentlichen Holzsplitter vom benachbarten Baum ab. Der Baum war eine große, hundertjährige Eiche, aber seit geraumer Zeit tot, weshalb ihr dicker Stamm von innen komplett hohl war.

Dadurch konnte Jonás sich retten, versteckt im Bauch eines Baumes statt in dem eines Wals, doch zumindest in einem schützenden Bauch. Zusammengekauert und gelähmt vor Angst konnte er dort drin das Gelächter der Soldaten, ihre wahnwitzigen Gewehrsalven und schließlich den ohrenbetäubenden Lärm der sich entfernenden metallenen Vögel hören.

Das müssen die Trompeten des Jüngsten Gerichts sein, von dem die Mutter immer gesprochen hat, dachte er.

Als der Krach vorüber war, blieb er unbeweglich sitzen und hielt den Atem an. Es dauerte noch zwei Tage, bis er sich aus dem Baum herauswagte.

Jonás erfuhr nie, dass ein gewisser Efraín Ríos Montt diese Feuervögel geschickt hatte, und auch nicht, dass die Waffen, die seine Familie getötet hatten, freundlicherweise von der CIA gestellt worden waren. In Wahrheit hat er nie erfahren, was die CIA ist oder was die Kommunisten waren oder wo die UdSSR lag oder was der Eiserne Vorhang war. Er hat es nie erfahren, und es hat ihn auch nie interessiert. Das Einzige, was er lernte, war, dass der Mensch teuflisch grausam sein kann und dass wir am Ende alle hilflos und allein sind unter den Sternen, so schön diese auch sein mögen.

Der Tag brach strahlend an, ohne eine Spur des Nebels vom Vortag. Nun, da ein großer Teil des Marktes abgebaut war, wirkte der Ort noch kleiner; weißgekalkte Häuschen, Mopeds, Menschen, die kamen und gingen. Überraschend war die Stille zu dieser vormittäglichen Stunde, obwohl alle hart arbeiteten; es war, als würden die Hintergrundgeräusche erst im Laufe des Tages lauter.

Wir hatten noch Zeit, weitere Erkundigungen einzuholen – ein paar Fragen an einen Altwarenhändler, eine Unterhaltung mit einer Stoffverkäuferin, aber mehr auch nicht. Nachforschungen, die nirgendwohin führten.

Ich entschied, dass es an der Zeit für eine Luftveränderung sei, weil ich die Wahrheit über den Traumjäger, ob er nun ein Volksmärchen oder eine real existierende Figur war, wohl niemals herausfinden würde. Es gefiel mir, mir auszumalen, dass er einmal ein reicher Manager gewesen war, dem die Verlogenheit seines Lebens mit Geldspekulationen, Produktivitätsboni und irrealer Wirtschaft zu viel wurde, weshalb er in die Berge ging, um sein Vermögen und sein Talent darauf zu verwenden, etwas für die anderen zu tun. Aber vielleicht war diese Geschichte zu schön, um wahr zu sein.

Wir traten den Rückweg an.

»Wohin fahren wir, *Sire*?

»Nach Antigua, mein Freund, damit du nach Hause

kommst. Danach werde ich Guatemala verlassen und meine Reise fortsetzen. Apropos, hast du überhaupt ein Zuhause, Jonás?«

»Ein Zuhause im eigentlichen Sinne habe ich nicht, *Sire*, aber ich schlafe in einem Hinterzimmer von einem kleinen Laden. Dort helfe ich mit, putze und lege die Stoffe aus, und die Frauen überlassen mir dafür das Zimmerchen für meine Sachen.«

Wir reisten schweigend, jeder in seine eigenen Gedanken vertieft. Wieder die vielen Kurven, Berge rauf und Berge runter, durch die grüne, faszinierende Landschaft.

Als wir nach El Encuentro kamen, hielten wir an und tranken etwas. Jonás einen Kaffee und ich ein Bier der Marke Gallo. Dieser kleine Ort war wirklich ein Knotenpunkt – daher auch sein Name, El Encuentro, das Zusammentreffen –, weil sich hier die panamerikanische Autobahn und die örtlichen Landstraßen kreuzten.

Ich bezahlte die Rechnung, dann gingen wir zurück zum Auto und setzten unsere Fahrt fort. Es wurde bereits dunkel, als wir die gepflasterten Straßen von La Antigua erreichten.

»Nun denn Jonás, vielen Dank für deine Hilfe. Es hat mich sehr gefreut, dich kennenzulernen.«

»Ich danke Ihnen, *Sire*, vielen Dank für Ihr Vertrauen. Diese Reise war für mich das größte Abenteuer meines Lebens.«

Ich musste lächeln. Sicher übertrieb der arme Kerl nicht. Ein Scheißleben, dachte ich.

Ich bezahlte ihn sehr großzügig. Jonás nahm das Geld mit beiden Händen entgegen, als nähme er ein Geschenk an.

»Danke, *Sire*«, sagte er

»Ich danke dir, Jonás. Alles Gute.«

»Alles Gute, *Sire.*«

Am nächsten Tag flog ich nach San Pedro Sula. Ich sah Jonás nie wieder.

Zehn Jahre später kehrte ich nach Guatemala zurück. Das Leben hatte in der Zwischenzeit einen ruhigeren Gang genommen, wie ein Fluss, der uns nirgendwohin treibt. Ich lehrte immer noch an der Universität, hatte das Buch über die mittelamerikanischen Volksmärchen beendet und ein zweites Mal geheiratet, wenn auch nur, um den Beweis zu liefern, dass der Mensch das einzige Tier ist, das zweimal über denselben Stein stolpert. Tatsache ist, dass ich zehn Jahre später wieder auf diesen ausgetretenen Steinen der Plaza de Armas von La Antigua stand, auf denselben, die Jahrhunderte zuvor Pedro de Alvarado unter den Füßen gespürt hatte, denselben, die Legionen von Menschen in den kommenden Jahrhunderten unter sich spüren werden, und stets unter dem spöttischen Blick der Vulkane, die uns ganz bestimmt für eingebildete Ameisen halten, die glauben, ihr Leben sei alles, und dabei ist es doch nur ein Windhauch, ein Tropfen in diesem riesigen Fluss, der strömt und strömt und uns alle mitnimmt.

Ich fragte nach Jonás, aber keiner konnte mir etwas über ihn sagen. Zugegeben, meine Beschreibung war nicht besonders hilfreich: ein sehr schlanker, geradezu knochiger Kerl mit pickeligem Gesicht, obwohl sich das natürlich geändert haben kann, nicht besonders groß, nicht besonders klein, schüchtern, sehr schweigsam, schwarze Haare mit Bürstenschnitt, obwohl sich auch das geändert haben kann …

Kein Wunder also, dass ich ihn nicht fand, zumal ich kein Foto hatte, keine Adresse, nichts. Ich hoffte, dass die Dinge sich für Jonás gut entwickelt hatten, dass er sich glücklich verliebt, dass er ein Zuhause, eine ordentliche Arbeit gefunden und dass das Leben ihn wenigstens einmal mit einer gewissen Rücksicht behandelt hatte. Aber das werde ich wohl nie erfahren.

In dieser Nacht schlief ich schlecht, wälzte mich endlos im Bett. Also schnappte ich mir, noch ehe es hell wurde und die Hähne von La Antigua ihren Schnabel öffneten, die Autoschlüssel und fuhr ziellos durch die Gegend. In der Ferne ging langsam die Sonne auf, und ich dachte an den Alten und die schöne Geschichte vom Traumjäger und an die Zeit, in der ich dieses Gespenst verfolgt hatte, das mir aber stets erfolgreich aus dem Weg gegangen war. Und bestimmt waren es diese Erinnerungen, die mich veranlassten, die Richtung zum Atitlán-See einzuschlagen, in der stillen Hoffnung, vielleicht doch noch etwas über diese Geschichte herauszufinden.

Die Sonne brannte bereits vom Himmel, als ich in die Gassen von San Lucas Tolimán einfuhr. Ich parkte das Auto.

Dann machte ich einen Spaziergang, wohl in dem Versuch, Orte und Eindrücke von damals wiederzufinden. Als ich auf der Plaza einen Kaffee getrunken hatte und weiter herumschlenderte, entdeckte ich eine Ecke, die mir bekannt vorkam, ein altes Lebensmittellädchen, direkt an dem Hang gelegen, der zu dem Haus des Alten führte. Klopfenden Herzens stieg ich den Abhang hinab, dieselbe steile Gasse, die ich vor zehn Jahren zusammen mit Jonás hinuntergegangen war. Und dort, am Ende der Straße, stand die bescheidene Hütte des Alten. Alles war noch genau gleich, nichts hatte sich verändert, nur schien jetzt die Mittagssonne, während bei unserer letzten Ankunft bereits der Abend hereinbrach.

»Hallo, ist hier jemand?«, fragte ich.

Niemand antwortete. Ich fragte noch einmal, diesmal ein wenig lauter.

»Hallo, guten Tag, ist hier jemand?«

Hinter den Fenstern bewegten sich ein paar Stofffetzen, die Ähnlichkeit mit Vorhängen hatten. Das Haus war immer noch so armselig und einfach wie damals: Lehmboden, Wände aus Holzbrettern, in der Mitte ein Feuer, ein paar Strohsäcke, mehr nicht.

Die Frau, die hinter den sogenannten Vorhängen auftauchte, war eine kleine Indianerin mittleren Alters im traditionellen Huipil, an die ich mich von meinem letzten Besuch nicht mehr erinnerte. Sie sprach Spanisch, was die Sache erleichterte, schließlich war ich ja ohne Dolmetscher unterwegs.

Mit der Großzügigkeit und der Gastfreundschaft der einfachen Leute bat sie mich herein und bot mir einen Kaffee an und das bisschen, das sie zu essen hatte. Ich erzählte ihr die Geschichte vom Traumjäger und von meinem Besuch in ihrem Hause vor zehn Jahren sowie von meiner Unterhaltung mit dem Alten. Sie hörte mir schweigend zu, praktisch ohne zu blinzeln, nickte jedoch bei jedem meiner Worte.

»Er ist gestorben«, sagte sie schließlich.

»Haben Sie ihn gut gekannt?«

»Aber natürlich, er war ja mein Großvater.«

»Das tut mir leid«, sagte ich. »Und hat Ihr Großvater Ihnen einmal von dem Traumjäger erzählt?«

»Natürlich, ganz oft, mein Großvater hat ständig vom

Traumjäger gesprochen, diese Geschichte hat er uns Enkeln von klein auf erzählt.«

Ich nahm einen Schluck Kaffee und lächelte. Dann sah ich der jungen Frau in die Augen und fragte sie:

»Und ist Ihr Großvater dem Traumjäger je selbst begegnet?«

»Ja, Señor«, antwortete sie, »natürlich.«

Nun geriet mein Herz außer Rand und Band. Es schlug äußerst heftig, in einer Mischung aus Begeisterung, Glück und Neugier.

»Und, wenn Sie mir die Frage gestatten«, sagte ich, »bekam Ihr Großvater seinen Traum erfüllt?«

»Natürlich, Señor, selbstverständlich hat mein Großvater seinen Traum erfüllt bekommen, der Traumjäger enttäuscht nie jemanden.«

Ich schluckte schwer.

»Und was war der Traum Ihres Großvaters?«, fragte ich.

Die junge Frau nahm ebenfalls einen Schluck Kaffee, verzog das Gesicht zu einer traurigen Grimasse und sagte schließlich:

»Na ja, Großvater hat immer davon geträumt, ein silbernes Zigarettenetui zu besitzen.«

Sieben Wörter (I)

Wörter waren der einzige Schlüssel, der die Türen zum Paradies öffnete. Das wusste Bruno Labastide ganz genau, schließlich musste man, um die Schwelle des magischen Bordells von Dorsoduro zu überschreiten, etwas gänzlich Wohlklingendes erschaffen, Verse, Gedichte oder wundersame Geschichten ersinnen, die berührten. Nur wer es schaffte, Kikos Herz zu liebkosen, erwarb sich auch das Privileg, ihren Körper zu liebkosen. Das wusste der Autor vom »Traumjäger« inzwischen besser als jeder andere.

Es gab keinen Tag, an dem er nicht an seinem Stammtisch auf der *piazzetta* saß, an dem er nicht, nach der vollkommenen Geschichte suchend, seitenweise Papier vollkritzelte. Und es gab keinen Abend, an dem er später, in der Einsamkeit seiner Wohnung, das Geschriebene nicht wieder zerriss.

Wenn Keiko das Haus verließ, um auf den Markt oder einfach nur spazieren zu gehen, und dabei auf Bruno traf, unterhielten sie sich stets sehr nett. Sie fühlte sich wohl in seiner Gesellschaft, das spürte man, und er war fasziniert von ihr. Und obwohl beide das Spiel sehr gut kannten, sprachen sie nie darüber, vielleicht weil die Regeln so klar waren, dass es nicht lohnte, dafür Spucke zu verschwenden. Die Briefe, die in ihrem Briefkasten landeten, mussten anonym sein, damit Keiko, wenn sie sie las und beurteilte, nicht von irgendwelchen Äußerlichkeiten beeinflusst wurde; es zählte nur, ob der Vers oder die Geschichte sie anrührte. Und erst wenn sie ihre Entscheidung getroffen hatte, öffnete sie den anderen Umschlag, der den Namen des Auserwählten oder der Auserwählten enthielt, denn in der Wohnung von Dorsoduro war alles möglich.

Der große Fabulierer Bruno Labastide, der Hochstapler mit dem unwiderstehlichen Lächeln und den Grübchen in den Wangen, hatte keine Geschichten für die schöne Japanerin mehr. Natürlich waren die Jahre nicht spurlos an ihm vorübergegangen, und zu dieser Zeit war nicht mehr viel übrig von dem französischen Abenteurer, der als Dieb in weißen Handschuhen oder, besser noch, als Dieb mit seidener Haut, wie ihn einmal eine Dame der High Society von Lima genannt hatte, durch die Lande reiste. Müde und alt – oder vielleicht sollte man besser gealtert sagen –, hatte er sich schließlich in Venedig niedergelassen, wo er bescheiden, aber würdevoll lebte und das kleine Guthaben verwaltete, das er nach all den Jahren der verschiedenartigsten Unternehmungen, der Glückssträhnen und Pechsträhnen, der gelungenen und der missglückten Coups, der Geschäfte, die so schnell scheiterten, wie Geldscheine oder Juwelen ihre Besitzer wechselten, angehäuft hatte. Jahre des Luxus und des Hedonismus, der warmen Decken in guten Hotels und des Champagnerfrühstücks, der Flüge in der ersten Klasse, der Kreuzfahrten auf dem Mittelmeer, der gehörnten Ehemänner und der morgendlichen Fluchten über die Dächer irgendeiner Stadt dieser Welt. Er wusste aus Erfahrung, dass in den großen Seebädern mehr zu holen war, ebenso wie in den großen Hauptstädten, wo die ausländischen Manager saßen, die ihre Frauen vernachlässigten, sie zu Hause ließen, mit Gold Cards ausgestattet, damit sie ihre Einsamkeit in den Luxusboutiquen kompensieren konnten. Er wusste aber auch, dass in den dekadenten Orten, den ehemaligen Tempeln des Glamour, bereits nicht mehr so viel zu holen war. In Deauville, Baden-Baden, Biarritz, vor nicht allzu langer Zeit noch phantastische Fischgründe, war es heutzutage schwierig, eine geeignete Beute fürs Bett zu finden.

Ebenso in Venedig. Venedig, die unbestrittene Königin all dieser Orte, die leibhaftige Melancholie und Dekadenz. Genau deshalb hatte er sich dort niedergelassen, um Versuchungen zu entgehen und einen friedlichen, ruhigen Ruhestand zu erleben, einen einsamen Ruhestand in Gesellschaft seiner Erinnerungen, ohne etwas vom nächsten Tag zu erwarten, während er sich nach und nach verzehrte, wie eine Kerze in einer schlaflosen Nacht. Ohne Groll, ohne Illusionen, aber in Frieden und mit einem ruhigen Gewissen. Viel mehr konnte man nicht erwarten.

Eine Zeit lang spielte er mit dem Gedanken an Diebstahl, sprich, er wollte den Vers oder Text eines anderen als seinen eigenen ausgeben. Solange es niemandem auffiel, war es auch keine Sünde, dachte er in seinem moralischen Relativismus. Doch wenn er abends nach Hause kam und sich dem unbarmherzigen Richter seines Gewissens stellte, gab er den Plan jedes Mal wieder auf. Der junge Labastide hätte sich über derlei Anfälle von Ehrbarkeit bestimmt aufgeregt, dabei hatte das Alter ihn eher betäubt als gebändigt, dachte er. Doch eigentlich hatte Bruno immer ein Gewissen gehabt, denn es gab keinen einzigen Tag, an dem er sich nicht in seine Opfer hineinversetzte. Vielleicht machte er manchmal Fehler und verhielt sich grausam, doch das lag nicht in seinem Ermessen. Niemand ist schuld daran, dass er in anderen Leidenschaften weckt.

Der *vaporetto* war ungewöhnlich leer. Es war schon spät, und diese Linie zählte nicht zu den besonders touristischen. Bruno spazierte gerade über den Zattere, als er das Schiff kommen sah, das bereits seine Geschwindigkeit drosselte. An der Haltestelle, also am Landesteg, standen nur ein paar alte Omas mit Plastiktüten in der Hand, die in ihre Häuser auf La Giudecca zurückwollten. Erst als er sich bereits mitten auf dem Kanal befand und den eisigen Wind im Gesicht spürte, wurde ihm bewusst, dass er an Bord gegangen war. Wie ein Roboter oder ein Hypnotisierter, der konkrete Befehle erhalten hatte, war er in den Wasserbus gestiegen.

Wie bezaubernd La Serenissima doch war! Ganz gleich, wie lange man schon in dieser unglaublichen Stadt wohnte, ihre Schönheit überraschte einen immer wieder. Vor Jahren schon hatte er zu rauchen aufgehört, und nun ertappte er sich dabei, dass er in seinen Jackentaschen nach einer Zigarette tastete. Eine der Großmütter, die draußen am Heck saß, zog gierig Nikotin ein. Bruno trat zu ihr, fasste zum Zeichen des Respekts mit eleganter Geste an seine Hutkrempe, lächelte – in seinem Lächeln lag noch immer ein kleiner Zauber – und bat sie um eine Zigarette. Die Großmutter bot ihm eine an, und als sie ihm Feuer gab, formte er mit den Händen eine Höhle. Die Hände der alten Frau waren unglaublich kalt, wie die eines Leichnams, und Bruno drückte sie unweigerlich, als er sich mit lächelnden Augen für die Zigarette bedankte.

Da fiel ihm die Geschichte von Khaled und den eiskalten Händen ein, von einer am Schmerz zerbrochenen Frau, einer von vielen, die durch die zerstörten Straßen einer Stadt im Nahen Osten irrte und in sämtlichen Krankenhäusern nach ihrem Sohn Khaled suchte, der Mann tot, der Sohn verschwunden, und vom Himmel drohte erneut zerstörerischer Regen seitens der guten Truppen oder der bösen oder auch der Heiligen Mutter, die sie alle zur Welt gebracht hatte.

Über diese Schlacht, genau diese Schlacht hatte man dem Pseudokorrespondenten Bruno Labastide nicht nur erzählt. Diese Schlacht hatte er selbst beobachtet, selbst miterlebt; er hatte die eiskalten Hände der am Schmerz zerbrochenen Frau in den seinen gehalten, hatte den jugendlichen Khaled besucht, den Sohn dieser am Schmerz zerbrochenen Frau, und diese Geschichte, die in einem verborgenen Winkel seiner Erinnerungen schlummerte, kam ihm nun, auf dem Wasser der Kanäle von Venedig, wieder in den Sinn.

An der nächsten Haltestelle sprang er von dem *vaporetto* und setzte sich in das erstbeste Café, das er fand. Es war ein winziges Lokal, nur ein kleiner Tresen und ein paar wenige Stehtische, wo man seine Tassen abstellen konnte. Auf einen davon stellte Bruno das Bier, das er gerade bestellt hatte, zog das Heft, das er stets bei sich trug, heraus und begann zu schreiben.

Die Geschichte von Khaled. Die habe ich nicht erfunden, sagte er sich leise, die hat man mir nicht erzählt. Die habe ich selbst gesehen, mit eigenen Augen. Ich habe sie erlebt. Die Geschichte von Khaled.

Kollateralschäden

Er hatte einen goldenen Fuß. Und wenn er den Ball vor diesem, seinem linken Fuß hatte und losrannte, war er nicht zu stoppen, und es spielte kaum eine Rolle, dass der Fußballplatz nur eine trockene, steinige, mit Schlaglöchern übersäte Sandpiste und der Ball nur ein unförmiges Stück Leder war, das schon vor einiger Zeit seine runde Form verloren hatte.

Khaled war gerade dreizehn geworden und hatte eine Begabung: Er war ein außergewöhnlicher Fußballer. Fußball war sein Leben. In der Schule hatte er Mühe, sich zu konzentrieren, weil er schon an die Pausenpartie mit seinen Freunden dachte. Und am Nachmittag, wenn er in dem armseligen Familienbetrieb seines Vaters mitgeholfen hatte, entwischte er bei erstbester Gelegenheit, um mit den anderen Jugendlichen zu kicken. Der »Platz« war ein verlassenes Baugrundstück, auf dem die Jungs aus seiner Clique zwei behelfsmäßige Tore aus ein paar Holzpflöcken errichtet hatten, die dem Ansturm kaum standhielten. Khaleds Lieblingsspiel war es, die Tore zum Einsturz zu bringen. Drei Schüsse vom Elfmeterpunkt aus. Wenn man sie alle drei in dieselbe Ecke auf den Querbalken donnerte, fiel das Tor zusammen. Und Khaled, mit seinem goldenen Fuß, verfehlte sein Ziel nie.

Waren die Pausen- und Nachmittagsspiele unter der Woche bereits Augenblicke des Glücks, so schlug Khaleds Herz am Wochenende erst so richtig hoch. Denn dann konnte er in dem altertümlichen Fernseher, den der Besitzer des einzigen Cafés im Viertel auf die Straße stellte, die Spiele seiner Idole sehen, der englischen Premier League, der spanischen Liga und der italienischen Serie A. Khaled wusste, dass er irgendwann dort spielen würde, dass er berühmt und Millionär werden und seine Familie aus dem Elend herausholen würde.

»Khaled, mein Junge, hilf deiner Mutter beim Tischdecken.«

Khaled lächelte, weil er daran dachte, dass er bald schon genügend Geld haben würde, um seiner Mutter ein großes, komfortables Haus zu kaufen, in dem sie sich nicht mehr abrackern musste, um die Familie durchzubringen, sich nicht mit Näharbeiten die Augen verdarb, um ein wenig zum mageren Familieneinkommen beizusteuern. Und er würde mit ihr reisen, ihr Paris zeigen und ihr ihren Jugendtraum erfüllen; er würde sie im besten Hotel der Stadt unterbringen und ihr Schmuck in diesen eleganten Geschäften kaufen, die man in den Zeitschriften sah.

»Khaled, hörst du nicht, dass dein Vater dich ruft?«

Der gute Vater, ein intelligenter Mann, der niemals hatte studieren können, dazu verdammt, von morgens bis abends für den Satrapen zu arbeiten, der sein Land seit Jahrzehnten regierte, ein reiches Land, in dem die Reichtümer stets in dieselben Taschen flossen.

Viel fehlte nicht mehr, ein paar Tage noch bis zu dem großen Tag: dem Finalspiel der Champions League. Und diesmal würde seine Lieblingsmannschaft gewinnen, davon war er überzeugt, und das Tor würde von seinem Idol geschossen werden, einem kleinen, schüchternen Argentinier mit goldenem linkem Fuß.

Natürlich begann die Aufregung schon vor dem Spiel. Es lag Spannung in der Luft, während man sich vergewisserte, dass der Fernseher lief, dass der Satellit oder die Parabolantenne oder was auch immer tatsächlich funktionierte, dass es an diesem Abend keinen Stromausfall gab und falls doch, dass der Generator des Cafés bereitstand.

Das ganze Viertel war vor diesem Fernseher versammelt. In den Abendstunden verflüchtigte sich die drückende, unerbittliche Hitze des Tages, als zöge sie den Schwanz ein, und machte einer frischen, sanften Prise und der stets sternenklaren Nacht Platz, ideal für Träume, die Träume eines Jungen mit einer außergewöhnlichen Fußballbegabung, der wusste, dass er eines Tages selbst ein solches Finalspiel bestreiten würde, auf einem ebenso grünen Platz mit einem ebenso exakt gemähten Rasen, der aussah wie ein Billardtisch.

Fernab dieses Ortes, Tausende Kilometer weiter, wurde eine andere, sehr viel unheilvollere Partie gespielt. Es gab ebenfalls zwei Mannschaften, das zumindest ließ sich aus den Uniformen der Gegner schließen. Die einen trugen dunkle Anzüge mit Krawatten, alle die gleichen, und die anderen waren olivgrün verkleidet und mit Medaillen behangen.

»Die Internationale Gemeinschaft kann dieses provozierende Vorgehen nicht länger tolerieren … die Demokratie muss sich durchsetzen … unsere Werte müssen Gültigkeit erlangen …«

Das Spiel beginnt. Khaled drückt ganz fest die Daumen, der Fernseher funktioniert. An diesem Tag hat er beim täglichen Match mit den Freunden eines der besten Tore geschossen, die das Viertel je gesehen hat. Er hat den Ball im

Mittelfeld angenommen und ist, ohne groß zu überlegen, losgerannt, hat alle, die ihm in die Quere kamen, ausgedribbelt, einen Mitspieler gesucht, der ihn unterstützen konnte, aber keinen gefunden, weil alle bereits erschöpft waren, hat sich daher links gehalten, was seinem guten Bein entgegen kam, und vom Spielfeldrand aus mit seinem goldenen linken Fuß einen Schuss gelandet, der die Spinnweben in der Ecke des Tors wegfegte. Sogar die Gegner applaudierten.

Khaled rannte nach Hause, um es seinem Vater zu erzählen, und er war so aufgeregt, dass seine Zunge ihm nicht gehorchte. Der Vater strich ihm über den Kopf, lächelte ihn an und sagte, dass er sehr stolz auf ihn sei, aber dass er die Schule nicht vernachlässigen dürfe, denn das sei das Wichtigste, was es im Leben gebe, seine Ausbildung.

Beide Mannschaften legen sehr zaghaft los. Sie sind vorsichtig, versuchen, den Ball nicht zu verlieren, tasten sich langsam ab. Die Straße ist brechend voll, alle vor dem Fernseher versammelt: Die Älteren rauchen entspannt ihre Wasserpfeifen und schlürfen ihren Tee.

Auf einmal hört man in der Ferne ein Geräusch, eine Art Heulen. In dem Moment wird es gefährlich, Khaleds Lieblingsmannschaft greift über die Flanke an, dort nimmt sein Idol den Ball an, eine Torchance entsteht. Der Lärm wird stärker. Die Leute schreien, das gibt ein Tor, denkt Khaled. Der Lärm ist jetzt ohrenbetäubend. Lichter am Himmel, die Lichter des Mündungsfeuers. Ein Pfeifen, das einem durch die Ohren saust und sich im Gehirn festsetzt. Der Spieler schießt.

Und dann nichts mehr.

Die Bombardierung hat begonnen.

Khaled wachte betäubt auf. Er wusste nicht, wo er war. An

seinem Fußende stand ein junger, westlich gekleideter Mann in weißem Kittel. Ein Arzt einer Hilfsorganisation, aber das wusste Khaled nicht. Er verstand nichts, erinnerte sich an nichts. Ihn interessierte nur das Ergebnis.

»Haben wir das Spiel gewonnen?«, fragte er.

Der Arzt wusste nicht, wovon dieser Junge sprach, aber er hatte genügend Kriege erlebt und deshalb auch die absurdesten Fragen gehört und beantwortet.

»Ja, wir haben gewonnen«, antwortete er, ohne genau zu wissen, worauf.

Khaled bildete eine Faust zum Zeichen des Sieges. Super!, rief er aus. Hätte es in diesem Saal einen Fernseher gegeben, hätte Khaled die Herren in dunklen Anzügen, in diesen superhässlichen Uniformen, gesehen, wie sie sich den Medien präsentierten, um zu erklären, dass die erste Phase der Operation ein voller Erfolg gewesen sei: »Wir haben die Raketenabwehrbasis des Diktators zerstört, haben seine Armee eingekreist und widmen uns nun der Aufgabe … mit Unterstützung der Internationalen Gemeinschaft … zum Wohle der unterdrückten Völker …«

Als Khaled erneut aufwachte, stand der junge Doktor immer noch an seinem Bett. Diesmal nahm er Khaleds Hand und sah ihm fest in die Augen. Khaled blinzelte nicht.

»Du warst sehr tapfer«, sagte der Arzt, »und jetzt ist alles überstanden. Alles wird wieder gut, du wirst sehen.«

Khaled verharrte unbeweglich, wie eine Sphinx, ohne auch nur einen einzigen Muskel zu bewegen oder den Blick von dem Doktor abzuwenden.

»Du hast großes Glück gehabt, in ein paar Tagen darfst du das Krankenhaus verlassen und wieder nach Hause. Dann kommst du hier weg.«

Khaled war weiterhin sehr ernst.

»Aber ich muss dir etwas sagen. Wir haben getan, was wir konnten, wir haben es bis zum Schluss versucht, darauf geb ich dir mein Wort, aber es war nichts zu machen. Wir hatten keine andere Wahl, wir mussten dir ein Bein amputieren.«

Khaled sah dem Doktor weiterhin in die Augen, mit einer Kälte, die den Arzt zu ängstigen begann. Es entstand ein langes, beklemmendes Schweigen. Schließlich sprach Khaled, ohne den Blick von dem jungen Arzt abzuwenden, ein Wort. Nur eines. Und das tat er so gleichgültig wie ein Notar, der ohne jegliche emotionale Beteiligung einen Kauf bescheinigt.

»Welches?«, fragte Khaled.

Dem Arzt kam die Frage merkwürdig vor, welche Rolle spielte das schon, dachte er sich.

»Das linke«, antwortete er.

Erst dann wandte Khaled seinen Kopf zur Seite und vergrub ihn im Kopfkissen. Er wollte nicht, dass jemand die Tränen sah, die aus seinen Augen strömten.

Sieben Wörter (II)

Als Keiko den Brief zu Ende gelesen hatte, bemerkte sie, dass ihr ebenfalls Tränen in den Augen standen. Es gibt keinen Zweifel, dachte sie, das wird heute der Auserwählte sein. Sie las den Text noch einmal, die elegante, traurige Schrift, ja, auch Buchstaben können traurig sein.

Sie dachte an die ganzen Kollateralschäden, die das Leben uns beschert, an die ganze Schlechtigkeit, die Engstirnigkeit und das Elend in den Herzen so vieler verachtenswerter Menschen. Sie dachte an den Grund für ihr Projekt in Venedig, an ihr Aufbegehren gegen das Roulette des Schicksals, an die Flüchtigkeit der Zeit, die Kürze des Lebens. Sie dachte an diese unsinnige Grausamkeit, diesen unvernünftigen Groll und Neid, an die Idiotie des Krieges. Sie dachte so lange und mit so großer Klarheit daran, dass sie darüber ganz deprimiert wurde.

Deshalb wandte sie sich lieber dem üblichen Zeremoniell zu, schuf ihr Refugium mit melancholischer Musik, warmem Badewasser, sanftem Kerzenlicht, Seidenstoffen, Läufern, Decken, weichen Federkissen, Parfumdüften. Den eindeutigen Ingredienzien des Paradieses.

Als der Tag schließlich gekommen war, fühlte Bruno sich schlecht. Er war nicht krank, nein, es waren einfach nur die Nerven oder vielleicht auch die Angst, dieser aufdringliche Begleiter, den er aus seinem ausschweifenden Abenteurerleben so gut kannte. Alles kommt im Leben auf einen zu, sogar der Tod, es nützt also nichts, sich grundlos zu grämen. Dieser Satz stammte von einem Freund, den er in einer Bar im Lissabonner Stadtteil Alfama kennengelernt hatte. Was uns Menschen so unglücklich macht, ist diese absurde Fähigkeit, Leid vorauszusehen, uns Sorgen zu machen um die Zukunft, selbst wenn wir noch nicht einmal die Gewissheit haben, dass wir die nächsten Stunden erleben, dass wir morgen oder nächsten Monat auf ein Fest eingeladen werden.

Seit dieser Begegnung in Lissabon hatte Bruno gelernt, glücklicher zu sein; er wachte nachts nicht mehr schweißgebadet auf und überlegte, was ihm alles passieren könnte, dachte nicht an die fehlenden Ersparnisse fürs Alter, an die mögliche Rache eines eifersüchtigen, gekränkten Ehemanns oder an den Scharfsinn der Polizei eines Landes, das er in einem ungünstigen Augenblick besucht hatte.

Er atmete also tief durch und versuchte sich zu entspannen und daran zu denken, dass heute einer seiner Träume in Erfüllung gehen würde: eine ganze Nacht allein mit der wunderschönen Keiko, endlich eine Oase in dieser Wüste des Lebens. Er zog sich vier- oder fünfmal um und tat es nur deshalb nicht öfter, weil er nicht mehr Kleidungsstücke besaß. Schließlich wurde es ein weißes Hemd und eine schwarze Hose. So viel Aufwand, um am Ende auszusehen wie ein Kellner, dachte er. Er vervollständigte sein Outfit mit einer dunklen Jacke und dem unvermeidlichen Hut und Mantel.

Zur selben Stunde zog Keiko einen Yukata aus weißer Seide über ihre Haut. In Kürze würde ein Pseudo-Kenner das Privileg haben, zu prüfen, was weicher war: ihre weiße Haut oder die weiße Seide. Für gewöhnlich waren sich die Experten einig, dass die Haut den Sieg davontrug, eine Haut, gekostet von ewigen Küssen. Doch diese Ewigkeit verlor sich im Morgengrauen wieder, weil selbst sie ein Erwachen hatte, das die Magie zerstörte. Ähnlich dem Licht, das uns ebenso schnell Leben schenkt, wie es uns das Leben wieder entzieht.

Alles war wie erwartet, der warme Raum, von dem er immer geträumt hatte. Zu sagen, Keiko sei an diesem Abend hübscher gewesen denn je, mag wie die Floskel eines verliebten Jugendlichen klingen, doch hätte es jemand gesagt, hätte es wahrer nicht sein können.

Die anfängliche Nervosität war nichts anderes gewesen als der Nährboden, den seine Liebe noch brauchte. Aber es war nicht diese überstürzte, jugendliche und ungestüme Liebe. Sie war stärker: eine ruhige Liebe, eine tiefe, bedachte Liebe, lange gereift durch all die Enttäuschungen, die das Leben ihm geschenkt hatte.

Um ein Haar hätte er alles verdorben, indem er ein unnötiges Ich-liebe-dich äußerte, doch glücklicherweise weigerte sich seine Zunge im letzten Augenblick, diese törichten Worte zu artikulieren. So dachte er zumindest – dabei hätte Keiko ihr Leben dafür gegeben, dass er sie aussprach, dass jemand ihr in vollkommener Aufrichtigkeit diese Worte sagte. Ihr ganzes Leben lang wartete sie schon auf diesen einen Satz, der niemals kam, weil sich andere aus Feigheit selbst zensierten.

Manchmal geschehen Dinge, die so intim sind, dass es unfein wäre, darüber zu berichten. Deshalb wollen wir die Einzelheiten dieser Nacht in der Wohnung von Dorsoduro, in der das Licht des Vollmonds, ohne an den Fensterscheiben anklopfen zu müssen, sogar bis zum Bett vordrang, lieber aussparen.

Erwähnenswert ist jedoch, was danach geschah, als sich nämlich das tägliche Wunder des Sonnenaufgangs ereignete. Erschöpft von der langen Nacht, küssten Bruno und Keiko sich schweigend, in vertrautester, zärtlicher Umarmung. Es war ein kurzer Kuss, dem nichts weiter hinzugefügt werden musste, weil er alles sagte.

Bruno erhob sich resigniert, Regeln waren Regeln, und es war an der Zeit zu gehen. Er lehnte sich ans Fenster, mit dem Rücken zum Morgenlicht, und betrachtete sie, wie sie wunderschön dort auf dem Bett lag. Er versuchte, jedes Detail dieses Augenblicks in seine Netzhaut einzubrennen, eines Augenblicks, der so flüchtig war wie ein Leben. Wie das Leben. Diesmal zeichneten die Grübchen nur ein sehr schüchternes Lächeln. Lebwohl zu sagen ist nicht einfach, nicht einmal für einen Meister der Fluchten.

Langsam begann er sich anzukleiden, bedächtig und ohne den Blick von ihr abzuwenden, mit der Ruhe eines Menschen, der von niemandem erwartet wird. Es fiel ihm schwer, sich zu bücken und die Strümpfe anzuziehen, sich die Schnürsenkel zu binden. Das Alter verschont keinen. Schließlich nahm er Hut und Mantel von der Garderobe, spielte nervös mit dem Hut, während er überlegte, was er sagen sollte. Seine Augen auf die ihren geheftet. Das zerwühlte Bett. Die beschlagenen Scheiben. Die Kerzen kleine rauchende Kamine ohne Leben.

Schließlich setzte er den Hut auf, bereit, sich mit einer galanten Geste und einem einzigen Wort zu verabschieden: Danke.

Doch es gelang ihm nicht, es auszusprechen, denn alles kam anders als erwartet, anders, als er es sich so oft vorgestellt hatte. So ist das Leben: unberechenbar.

Als seine Lippen sich gerade öffneten, um ihr zu danken, denn das Lebewohl wäre dann die Berührung der Hutkrempe gewesen, kam sie ihm zuvor. Und mit sieben Wörtern sagte sie ihm alles:

Bleib, bitte.

Lass mich nicht allein.

Niemals.

EPILOG

Ich habe meine Arbeit an *Der Wörterschmuggler* in der nächtlichen Einsamkeit eines Speisewagens beendet, im Zug zwischen Mombasa und Nairobi, genau in der Nacht, als das unheilvolle Jahr 2012 zu Ende ging und 2013 begann.

Alle Figuren dieses Romans sind reine Fiktion, Erfindungen eines Schriftstellers, dessen einziges Verdienst es ist, alles aufmerksam beobachtet zu haben, was er in den vielen Jahren, in denen er die Welt bereiste, erlebt hat.

Nur eines ist in dem ganzen Buch absolut autobiographisch: der erste Satz.

Madrid, im Frühjahr 2013

Danksagung

Auch wenn die Einsamkeit ihr Wesen nie verändern wird, ist sie in Gesellschaft doch sehr viel leichter zu ertragen. Meine Einsamkeit wurde gelindert durch die Kompetenz und die Zuneigung von Palmira Márquez und Ángeles Aguileras, meiner Agentin und meiner Verlegerin, bei denen ich tief in der Schuld stehe und denen ich mich hoffentlich einmal erkenntlich zeigen kann.

»Kollateralschäden« gehört meinem Freund Pedro Zuazua, dem ich diese Geschichte geschenkt habe, damit sie seiner Erzählung »Ball aus Sand« Gesellschaft leistet, einer der schönsten Geschichten über Fußball, die je geschrieben wurden.

Die übrigen Namen, die auf dieser letzten Seite stehen sollten, muss ich nicht eigens niederschreiben, weil die Betreffenden ganz genau wissen, was sie diesem Autor bedeuten.

Inhalt